SABINA ALTERMATT

ANNA CATRINA

W0372442

atb aufbau taschenbuch

SABINA ALTERMATT, geboren 1966, ist in Chur aufgewachsen. Sie studierte Staatswissenschaften an der Hochschule St. Gallen. Heute lebt sie als freie Schriftstellerin in Zürich und im Glarnerland. Sie schreibt Kolumnen, Kurzgeschichten, Hörspiele, Kinderbücher sowie Kriminalromane und Romane.

Anna Catrina wächst nach dem Tod ihrer Mutter bei ihrer Tante und später bei ihrem Onkel auf, der das Wirtshaus »Zum Löwen« in Ilanz im Kanton Graubünden führt. Abend für Abend muss sie in der Gaststube helfen und sich nicht selten gegen die zudringlichen Gäste zur Wehr setzen. Aber ihr Onkel, ein betagter Mann, ist der einzige Verwandte, der Anna geblieben ist. Ihren Vater kennt sie nicht. Als Anna eine Stelle als Magd bei der ersten Familie vor Ort angeboten wird, ist sie froh, ihrem einfachen und ärmlichen Leben zumindest teilweise entfliehen zu können. Nun lebt sie im Kreis einer großen Familie in herrschaftlicher Umgebung. Eines Abends bekommt sie von einem Fremden einen Hinweis auf den Verbleib ihres Vaters – und setzt fortan alles daran, ihn ausfindig zu machen. Dabei muss sie herbe Rückschläge in Kauf nehmen. Doch Anna will ihre Suche nicht aufgeben; zu sehr sehnt sie sich nach einem anderen Leben, jenseits der Zwänge der engen Bergwelt und ihrer Stellung als Magd in den Herrschaftshäusern vor Ort. Doch dann bekommt sie unerwartete Hilfe …

»Altermatts Stärke sind die Dialoge und konzise kleine Momentaufnahmen.« Tages-Anzeiger

SABINA ALTERMATT

ANNA CATRINA

TOCHTER VON ILANZ

EIN HISTORISCHER ROMAN

atb aufbau taschenbuch

MIX
Papier aus verantwortungsvollen Quellen
FSC® C083411

ISBN 978-3-7466-3180-6

Aufbau Taschenbuch ist eine Marke
der Aufbau Verlage GmbH & Co. KG

3. Auflage 2022

Umschlaggestaltung www.buerosued.de, München
unter Verwendung von Motiven von © Susan Fox, Arcangel Images;
© Melinda Moore, Moment Open, Getty Images
und © Hans Georg Eiben/Photolibrary
Gesetzt in der Sabon durch Greiner & Reichel, Köln
Druck und Binden CPI books GmbH, Leck, Germany
Printed in Germany

www.aufbau-verlage.de

Für Ma

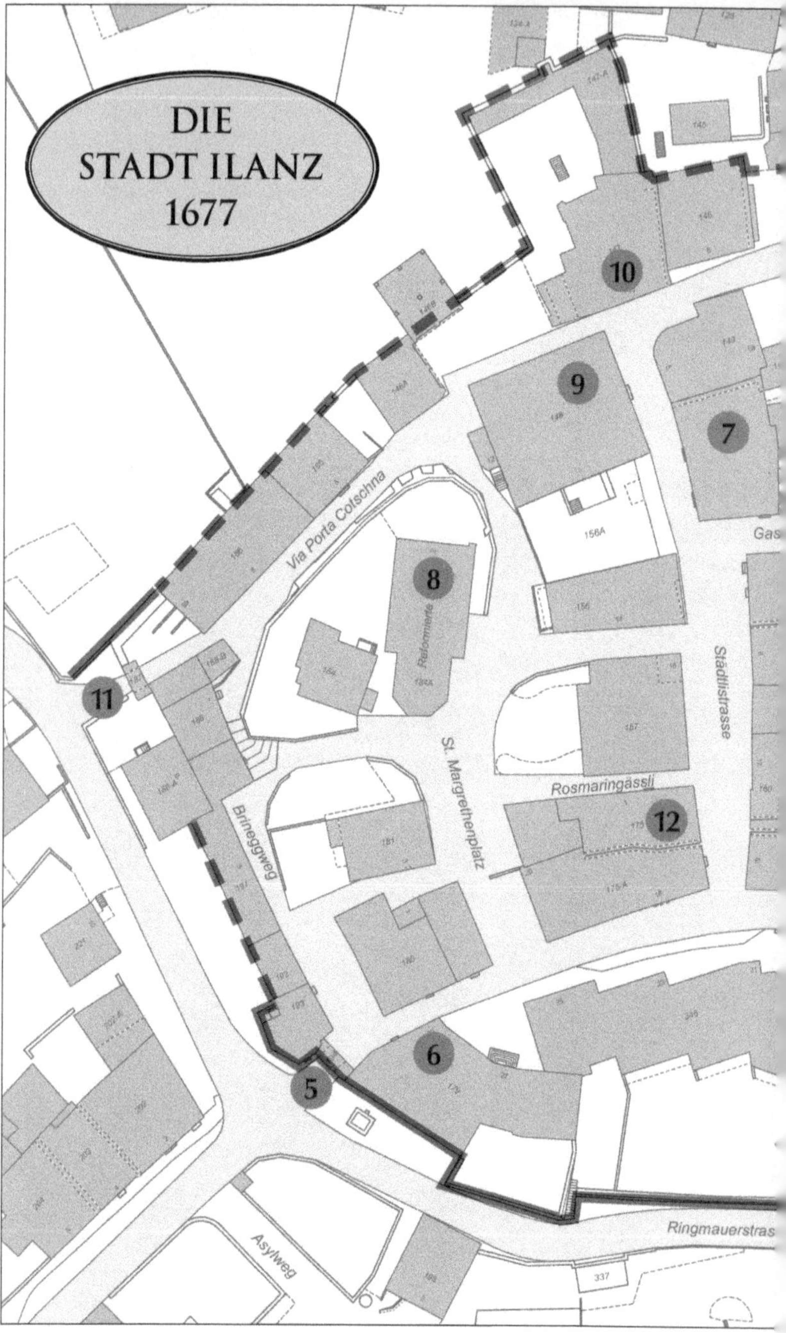
DIE
STADT ILANZ
1677
Via Porta Colschna
Reformierte
St. Margrethenplatz
Städtlistrasse
Rosmaringässli
Brineggweg
Asylweg
Ringmauerstras
Gas
156A
337
5
6
7
8
9
10
11
12

1
Rathaus / Casa Grischa (heute: Casa Cumin)

2
Unter- oder Rheintor

3
Gerichtsgebäude mit Pranger (heute: Haus Hössli)

4
Schwarzes Tor / Porta Bual

5
Obertor / Porta Sura

6
Haus Schmid am Obertor

7
Klosterhof (heute: Haus Lutta)

8
Kirche St. Margarethen

9
Casa Gronda

10
Casa Carniec (heute: Museum Regiunal Surselva)

11
Rotes Tor/ Porta Cotschna

12
Gasthof Zum Löwen
(heute: Städtlibeiz)

Stadtmauer heute sichtbar

mutmasslicher früherer Verlauf

DIE WICHTIGSTEN PERSONEN

ANNA CATRINA CASUTT (*1660), *Magd, Schenkmagd, Wirtin*

URI CASUTT (*1627), *ihr Onkel*

ELSCHA CASUTT (*1629), *ihre Tante*

BARBLA (*1661), *ihre Freundin*

CLAU (*1660), *ihr Freund*

HANS (*1655), *Stuckateur*

BALZER (*1649), *Bauer*

JOHANN ANTON SCHMID VON GRÜNECK (1643–1680)**

DOROTHEA VON PLANTA-WILDENBERG, *seine Gemahlin (–1703)***

CÄCILIA SCHMID VON GRÜNECK (1669–1726), *seine Tochter***

AMBROSIUS SCHMID VON GRÜNECK (1665–1704), *sein Sohn***

CHRISTOFFEL SCHMID VON GRÜNECK (1671–1730), *sein Vetter***

BARBARA VON MONTALTA, *Dorothea von Plantas Base***

HORTENSIA VON SALIS (1659–1715)**

CAMILLA**

** Real existierende Personen

Die Begird der Freyheit ist in einem verständigen Gemüth grösser als die Begird zu leben. Es ist das allerköstlichste Erden-Gut. Die Menschen sind von Natur dazu erbohren. Sie ist ein Name der Tugend, gleich wie die Dienstbarkeit ein Name der Boßheit. Die edleste Freyheit bestehet darinn, daß man nach gesunder Vernunfft zu leben wisse. Wo man dise verliehret, so verliehret man alles. Dise aber ist nicht eben den Männeren, sondern auch den Weiberen anerboren.

CAMILLA, 1693

I.
DIE SCHENKMAGD

KAPITEL 1

Anna Catrina stand am Fenster ihrer Kammer und schaute auf die Berge. Die Sonne berührte die Gipfel und tauchte sie in helles Licht. Der Wald war noch von Dunkelheit umhüllt.

Sie dachte an den kommenden Tag. Wie sie ihrem Onkel unter die Arme greifen würde. Die Kundschaft bedienen. So wie sie es jeden Tag machte. Seit zwei Jahren. Seit ihr Onkel sie aufgenommen hatte.

Er konnte manchmal etwas unwirsch sein und redete nicht viel. Doch er war ihre Familie. Der einzige, der ihr geblieben war. Ihre Mutter war bei ihrer Geburt an Kindsnöten gestorben, ihren Vater hatte sie nie gekannt. Sie wuchs bei ihrer Tante Elscha auf, die sie wie eine Mutter umsorgte. Doch dann wurde Elscha verbannt, und man verdingte sie an einen Bauern. Das war vor sieben Jahren. Damals zählte sie zehn Lenze. Anna Catrina erinnerte sich nur ungern an diese Zeit. Sie musste den ganzen Tag schuften, auf dem Feld arbeiten, heuen, die Tiere tränken, Wäsche waschen, den Stall putzen. Als

Nachtlager diente ihr ein Sack Stroh im Stall. Zu essen bekam sie meist nur Abfälle oder das, was die anderen zurückgelassen hatten. Das hätte sie alles ertragen. Wenn da nur nicht der Bauer gewesen wäre.

Schon von Beginn an hatte er sie schräg angesehen. Immer auf ihren Rock geschielt. Als sie dann in die Reife kam, hatte er sie dabei erwischt, wie sie sich hinter dem Stall etwas Moos zwischen die Beine gestopft hatte. Er schaute ihr zu, dachte nicht daran, sich abzuwenden. Von da an suchte er ihre Nähe.

Sie sprach zuerst mit dem Pfarrer. Der meinte, Gott wisse, wieso er ihr diese Prüfung auferlegt habe. Sie gab sich damit zufrieden. Vorerst.

Das ist meine Bürde, die ich zu tragen habe, sagte sie sich.

Dann hörte sie, dass ihr Onkel eine Hilfe suchte, weil die gute alte Maria Madlena gestorben war. Der Onkel war nicht begeistert. Ein junges Weib wollte er nicht in seiner Gaststube.

»Das kommt nicht gut«, hatte er gemeint.

Doch als der Pfarrer mit ihm sprach, ließ er sich erweichen.

Die Sonne arbeitete sich immer weiter den Berg hinunter.

Anna Catrina löste ihre zu einem Zopf zusammengebundenen Haare, die ihr bis auf die Unterarme fielen, kämmte und zwirbelte sie zu einem Dutt. Dann nahm sie das Amulett, das über dem Stuhl hing, und hängte es sich um den Hals. Sie fuhr mit den Fingern über das kalte Metall. Das Einzige, das ihr von ihrem Vater geblieben war. Ein Amulett. Und dazu noch ein halbes. Wenn sie ihn doch nur ausfindig machen könnte. Doch alle ihre Bemühungen waren bis jetzt im Sand verlaufen. Als sie ihren Onkel darauf ansprach, grummelte er lediglich etwas vor sich hin. Der Landammann konnte ihr auch nicht weiterhelfen. Und alle Ilanzer, die sie gefragt hatte, zuckten nur müde mit den Schultern.

Was der neue Tag wohl brachte?

Sie füllte Wasser in die Waschschüssel und wusch sich Hände, Gesicht und Nacken.

Jetzt hatte die Sonne den oberen Waldrand erreicht. Ließ die Tannen ergrünen. Eine Elster flog auf, setzte sich auf den Baum hinter dem Haus. Hüpfte Ast um Ast in die Höhe, half mit dem Schnabel nach.

Wenn sie sich zuoberst hinsetzt, ist das ein Zeichen. Ein gutes Zeichen, dachte Anna Catrina.

Nun hatte der Vogel die Tannenspitze erreicht.

Anna Catrina atmete auf. Es würde ein guter Tag werden.

Die Kirchenglocken schlugen. Zuerst viermal, dann siebenmal. Anna Catrina zuckte zusammen. Sie würde zu spät zur Arbeit kommen. Ihr Onkel würde sie noch unwirscher begrüßen als sonst. Doch sie war froh, hier zu sein. Alles war besser als bei diesem Bauern.

Die Sonne stand bereits hoch am Himmel. Er würde zu spät kommen, obwohl er früh aufgebrochen war. Hans ließ seine Kundschaft nicht gerne warten. Vor allem Frauen konnten unangenehm werden. Und einmal mehr hatte er es mit einer Frau zu tun. Üblicherweise bauten die Männer ihre Häuser selbst und das war auch gut so. Doch seit es in den Drei Bünden noch mehr in Mode gekommen war, außerhalb der Heimat in den Kriegsdienst zu treten, mussten die Weiber die männlichen Pflichten übernehmen.

Da der Feldweg fest und trocken war, trat er dem Pferd leicht in die Flanken und versetzte es in Trab.

Zuerst hatte Hans den Auftrag gar nicht annehmen wollen. Wieso sollte er den weiten Weg nach Ilanz machen, wenn er in Chur genügend Arbeit hatte? Da war das Salis-Haus, das auf seine Stuckaturen wartete und das Haus Buol.

Auch hatte Ilanz nicht den besten Ruf. Ein nur einigermaßen passables Nachtlager zu finden, war schon schwierig. Die Stadt war etwas heruntergekommen seit dem Brand vor etwa zweihundert Jahren. Zwar hatte man die Stadtmauer und die Tore drei Jahrzehnte danach ein Stück weit erneuert, doch offenbar fehlte den Ilanzern das Geld, um weitere Verbesserungen zu machen.

Als ihn Johann Anton Schmid von Grüneck zusammen mit seiner Gemahlin Dorothea von Planta in Chur besuchte und ihm seine Ideen für die beiden Decken vorlegte, hatte er jedoch nicht widerstehen können. Noch nie hatte er so etwas gesehen. Und er wusste auch gar nicht, ob es überhaupt machbar war. Ganze Früchte und Blumen wollte Dorothea von Planta. »Nicht nur zerquetsche Halbkugeln. Rund sollen sie sein.«

Zuerst hatte er abgewinkt, doch je mehr er es sich überlegte, desto faszinierter war er von der Aufgabe. Und als Schmid von Grüneck ihm die Skizzen für die Frauengestalten und die Adler zeigte, war er vollends begeistert gewesen. So etwas hatte er noch nie gemacht. Die Oberkörper der Karyatiden sollten ganz aus der Decke hervortreten, die Arme völlig losgelöst und freigelegt. Desgleichen die Adler.

In Schluein kam ihm eine Gruppe Männer zu Fuß entgegen. Sie sahen aus wie Landstreicher. Er brachte seine Stute in den Schritt und tätschelte ihr den Hals, mehr um sich selber zu beruhigen.

Doch wer wollte schon einen Handwerker auf einem alten Gaul überfallen?

Also nahm er allen Mut zusammen und grüßte die finsteren Gestalten freundlich. Die vier brummten etwas Unverständliches zurück. Er blickte noch ein paar Mal zurück, bis sie zwischen den Bäumen verschwunden waren.

Endlich sah er das Städtchen. Drei Türme, die in die Höhe ragten. Der mittlere musste derjenige der Casa Gronda sein. Eingebettet wie in einem Nest lag die Stadt in der Talsohle. Ein wenig erhöht hockte außerhalb der Stadtmauern eine Kirche: Sogn Martin.

Plötzlich riss ihm die Stute die Zügel aus der Hand und bäumte sich auf. Beinahe wäre er rückwärts vom Ross gefallen. Nur mit Mühe gelang es ihm, sein Pferd zu beruhigen. Hastig sah er sich um. Waren die Landstreicher umgekehrt und stellten ihm nach? Doch niemand war zu sehen.

Er trat dem Pferd in die Flanken, aber es machte keinen Wank, sondern starrte in den Wald. Als er seinem Blick folgte, sah er zwischen zwei Sträuchern einen orangen Schwanz verschwinden. Ein Fuchs, der sich ins Gebüsch flüchtete.

Das Pferd scheute leicht, als er von Sontga Clau her über die Holzbrücke ritt, die über den Rhein führte. Vor ihm lag Ilanz oder vielmehr die Stadtmauer. Neben dem Rheintor sah man den Zwiebelturm der Casa Grischa, des Rathauses, aus dem Gemäuer herausragen. Unmittelbar vor dem Tor stieg er ab und bereute es sogleich. Das Kopfsteinpflaster konnte man nur noch erahnen, der Boden war mit Mist und Morast bedeckt. Er führte sein Pferd an der Casa Grischa vorbei nach rechts durch ein schmales Gässchen und schon sah er die mit Ranken, Blattwerk und Rosetten kunstvoll verzierten Erker der Casa Gronda vor sich. Das Haus wurde seinem Namen durchaus gerecht. Ein dreistöckiger, kubischer Bau mit Satteldach, dahinter schwang sich der Turm mit der Zwiebelhaube in die Höhe. Die Fenster im Erdgeschoss waren vergittert. Die in den oberen Geschossen hatten Fensterläden mit einem gelbschwarz gezackten Muster. Nachdem er sein Pferd angebunden hatte, betätigte er den eisernen Klopfer, der an der schweren Holztür angebracht war. Alles blieb still.

Er blickte am Rustikaportal hoch. Im gesprengten Giebel war der Wappenstein von Johann Anton Schmid von Grüneck sowie seiner Gemahlin Dorothea von Planta angebracht.

Plötzlich wurde der Klopfer nach rechts gezogen und eine junge Magd fragte ihn, was er wolle. Er setzte gerade zu einer Erklärung an, als das junge Weib beiseite geschoben wurde. Hinter ihr tauchte eine Frau auf: Dorothea von Planta. Sie trug ein – für den Alltag sehr ungewöhnliches – mit Goldborten belegtes Gewand aus hellblauem Brokat mit bauschigen Ärmeln, die auf Ellbogenhöhe zusammengerafft wurden. Der weite Rock war eingekräuselt und über ein Hüftpolster gelegt, der großzügige Ausschnitt von einem Seidentuch bedeckt. Die blonden Haare trug sie kunstvoll hochgesteckt.

»Da seid Ihr ja endlich, Meister Hans!«, rief sie ihm zu. »Kommt herein, wie war die Reise?«

Gut, wollte er antworten, doch er kam nicht zu Wort. Dorothea von Planta winkte ihn herein und ging voran den Gang entlang, der beinahe so breit war wie die Gasse vorhin und von dem auf der rechten Seite zwei, auf der linken drei Zimmer abgingen.

So einen Mittelkorridor sah man nicht oft. Hinten war das Treppenhaus. Jetzt wusste er auch, wieso das Gebäude einen Turm hatte, in ihm befand sich die Treppe. Die Tür zu seiner Linken stand offen.

»Ihr habt hier zu tun.« Dorothea von Planta deutete zur rechten Seite.

Der erste Gewölberaum war mit einem Kamin ausgestattet, der zweite etwas schlichter. Die Wände waren alle regelmäßig weiß gekalkt. Hans schaute zur Decke. Hier würde er die nächsten Wochen damit verbringen, die skizzierten Stuckaturen anzubringen. Er sah sie bereits vor sich. Es würde wunderbar werden. Erst jetzt bemerkte er, dass Dorothea von Planta dicht neben ihm stand, er konnte ihr Parfüm – eine Mischung aus Pfingstrosen und Jasmin – riechen.

Sie schaute ebenfalls gebannt nach oben.

»Aber etwas muss ich euch noch zeigen. Kommt!« Sie verließ den Raum und lief die Treppe hinauf. Er folgte ihr.

»Das hat mein Mann angeordnet.« Sie wies in einen der Räume. »Nach meinem Geschmack etwas zu viel Holz.«

Der Raum kam Hans bekannt vor. Hatte er eine solche Stube nicht schon einmal im Glarnerland gesehen? Die Wände waren mit Hartholztäfer verkleidet und mit geschnitzten Hermenpilastern gegliedert. Die Füllungen bestanden aus verschiedenen Hölzern, umrahmt von geschnitzten Leisten. Die Kassettendecke verfügte über Intarsien und Schnitzdekor.

Dorothea von Planta führte ihn in einen zweiten Raum, der dem ersten sehr ähnlich sah.

»Und, was sagt Ihr zu meinem Haus?«

»Schön«, antwortete er und fand es etwas vermessen, dass die Frau es als ihr Haus bezeichnete, gehörte es doch ihrem Gatten Schmid von Grüneck.

Ihm wurde etwas mulmig beim Gedanken, dass sich Dorothea von Planta als Hausherrin aufspielte. Musste er sich nun von einem Weib sagen lassen, was er zu tun hatte?

»Wann kommt denn der verehrte Gatte wieder?«, fragte er möglichst unverfänglich.

»Der ist immer noch in Trun. Die Politik, wie Ihr wisst. Der Obere Bund tagt mal wieder.«

Ja, in die Politik hätte man gehen müssen, dachte Hans. Oder als Soldoffizier für andere in den Krieg ziehen. Dann hätte er auch ein so großes Haus und wäre nicht nur ein einfacher Handwerker.

»Wie lange denkt Ihr, werdet Ihr benötigen?« Dorothea von Planta riss ihn aus seinen Gedanken.

»Zwei Monate brauche ich schon«, antwortete Hans.

»Gut. Habt Ihr bereits eine Unterkunft?«

Er schüttelte den Kopf und hoffte insgeheim, sie würde ihm ein Lager in der Casa Gronda anbieten.

»Ich schlage Euch den ›Löwen‹ vor. Die anderen Wirtshäuser sind, gelinde gesagt, nicht sehr empfehlenswert. Es sind nur ein paar Schritte von hier die Gasse hinauf. Ebenfalls auf der rechten Seite.«

Eine Magd kam und flüsterte Dorothea von Planta etwas zu.

»Ihr entschuldigt mich. Ich habe zu tun. Falls Ihr noch fragen habt, richtet sie an den Baumeister.« Sie deutete auf den Raum mit dem neuen Täfer.

Er verneigte sich leicht. Dorothea von Planta lief eiligen Schrittes mit ihrer Magd die Treppe hinauf.

Der »Löwen« war eine gute Empfehlung. Das Lager wirkte anständig. Sauber. Ungeziefer sah man auf den ersten Blick keines. Auch sein Pferd war gut versorgt, das Gasthaus verfügte über einen kleinen Stall. Und der Weg zur Casa Gronda war nicht weit.

Ilanz war kleiner, als er es sich vorgestellt hatte. Etwa sechzig Häuser, die meisten aus Stein, vereinten sich eng aneinandergeschmiegt innerhalb der Stadtmauern. Außerhalb gab es vereinzelte Höfe, die verstreut zwischen den Äckern lagen.

Er bestellte bei der Schenkmagd einen sauren Most. Als sie den Becher vor ihn hinstellte, sah er, wie schön sie war. Sie hatte dunkle Augen und kastanienbraunes Haar und trug eine einfache, helle Bluse und ein braunes Kleid mit einer graublauen Schürze. Sie musste noch jung sein, doch gleichzeitig strahlte sie eine Ruhe aus, wie er es bei anderen Jungfern in ihrem Alter noch nie gesehen hatte. Und die brauchte sie auch. Immer wieder musste sie fremde Hände abwehren, sich aus Umarmungen lösen.

Er blickte sich im Gastraum um, der aus zwei gewölbten Kammern bestand, eine war durch eine Mauer abgeschlossen, die andere in der Mitte durch einen mächtigen Pfeiler abgestützt. Ein Gang führte nach hinten. Da musste es zum Abtritt und zur Küche abgehen. An einem Tisch im anderen Raum wurde es lauter. Hans konnte durch die offen stehende Türe sehen, wie einer die junge Frau von hinten packte und auf den Schoß zog. Dabei war ihr das Tablett aus den Händen gefallen. Becher polterten zu Boden. Hans wollte gerade aufstehen und der Frau zu Hilfe eilen, als diese sich mit einem Ruck losmachte und den Missetäter zurückstieß.

Die anderen Männer lachten.

»*Tuppa femna!* Das wirst du bereuen!«, drohte der Mann. Es musste ein Bauer sein, denn er trug eine mit Stalldreck verschmutzte wollene Hose. Einer von hier. Denn offensichtlich sprach er rätoromanisch, das Hans nicht verstand.

Die Frau suchte die Becher unter dem Tisch zusammen. Keiner machte Anstalten, ihr zu helfen. Im Gegenteil. Einer gab sogar einem der Becher einen Stoß, so dass er ganz hinten unter den Tisch rollte. Als die Frau sich bückte und unter den Tisch kroch, kniff er sie in den Hintern. Sie ließ es über sich ergehen.

»Was war denn da drinnen los?«, fragte Uri, der offenbar den Lärm gehört hatte, seine Nichte, als sie in die Küche trat. Er war gerade dabei, ein mageres Huhn der Länge nach zu halbieren.

»*Nuot*«, gab ihm Anna Catrina zur Antwort. »Nichts, mir ist nur das Tablett hinuntergefallen.«

Uris schwarze Katze strich ihr um die Beine und äugte immer wieder zum Huhn hoch. Anna Catrina fuhr ihr mit der Hand über den Rücken.

»Gab es wieder Stunk?«, wollte ihr Onkel wissen. »*Miarda*! Ich hab gesagt, dass das nicht gut kommt.«

Er lief Richtung Gaststube das Messer in der Hand. Er sah seltsam aus in seiner gebückten Haltung.

»Nein, Onkel, es war wirklich nichts.« Sie packte ihn am Ärmel und hielt ihn zurück.

»Bist du sicher?«

»Ja, aber natürlich. Es war mein Fehler. Das Tablett ...« Sie nahm die immer noch bettelnde Katze auf den Arm und vergrub die Nase im weichen Fell.

Uri schaute sie noch eine Weile zweifelnd an, dann widmete er sich wieder dem Huhn.

Anna Catrina setzte die Katze ab, schwenkte die Becher in einem mit Wasser gefüllten Holzbottich aus und stellte sie zum Trocknen hin.

Gerne hätte sie ihrem Onkel die Wahrheit gesagt. Dass es immer schlimmer wurde mit den Gästen. Vor allem einer, der Balzer, hatte es offenbar auf sie abgesehen. Der wurde von Mal zu Mal frecher. Doch was hätte sie tun sollen. Ihr Onkel würde sie rauswerfen, wenn sie sich beklagte. Schließlich hatte er vorausgesehen, dass es Probleme geben würde. Außerdem musste sie den alten Uri schonen, er hatte ein schwaches Herz. Und was könnte er ausrichten? Er brauchte seine Gäste. Wenn er Balzer hinauswerfen würde, dann kämen auch seine Kumpane nicht mehr. Von den Durchreisenden konnten sie nicht leben, das waren zu wenige. Ilanz lag nicht an einer der wichtigsten Haupthandelsrouten wie etwa Chur. Und der Bundestag, das oberste Organ des Freistaates der Drei Bünde, tagte auch nur alle drei Jahre in Ilanz, die anderen Jahre in Chur oder Davos. Das waren dann Zeiten, zu denen es ziemlich viel Geld gab. Schließlich galt es 66 Abgeordnete der Gerichtsgemeinden zu beherbergen, samt der ganzen Entourage. Aber für drei Jahre reichte es wahrlich nicht.

Sie strich sich eine Strähne aus dem Gesicht und richtete ihre Schürze. Es würde schon gehen. Sie musste sich nur etwas zusammenreißen.

Als sie in die Gaststube zurückkam, waren die Männer gegangen, das Geld lag auf den Tischen verstreut. Im anderen Raum saß immer noch der Handwerker, der sich bei ihnen für die nächsten zwei Monate einquartiert hatte.

KAPITEL 2

Ich muss dir etwas erzählen«, sagte Barbla und setzte sich ins Gras. Anna Catrina gesellte sich zu ihr.

Sie waren gerade aus der St. Margarethen-Kirche getreten, als Barbla vorgeschlagen hatte, noch ein bisschen den Berg Richtung Sogn Martin hochzugehen. Es war ein schöner Hochsommertag. Die Schwalben flogen hoch am Himmel, die Grillen zirpten.

Der Pfarrer hatte einmal mehr über die Tanzerei gewettert. Und dabei den früheren Ilanzer Pfarrer und Bibelübersetzer Stefan Gabriel zitiert:

Der Tanzplatz eine Schule ist,
Dort lernt man Teufelssitte.
Wenn deinem Gott du treu noch bist,
Dann lenke weg die Schritte!
Dort prägt der Satan Sünden ein,
Er lehrt die Pracht der Kleider.
Denn hübsch geziert will jeder sein,
Ist's auch ein Hungerleider.

Der Tanzort ist für junges Blut
Des Zorns und Neides Schule.
Und oft erkämpft in wilder Glut
Die Tänzerin der Buhle.
Wie springen sie, wie rennen sie,
Und ihre Wangen brennen.
Oh Narrenvolk, wie wildes Vieh
Die armen Narren rennen.
Ach, manches Mägdlein fiel vom Haupt
Der Kranz auf immer, immer!
Verfluchter Tanz, du hast geraubt
Den schönsten Schatz, der Sitten Schimmer!
Flieht, liebe Töchter, Mägdlein hold,
den Tanz und sein Verderben.
Wenn wack're Frau'n ihr werden wollt
Und einst den Himmel erben.

Anna Catrina verstand nicht, was am Tanz anstößig sein sollte. Auch das strenge Kirchenregiment vom selben Stefan Gabriel, das zwar schon ein paar Jahrzehnte alt war, doch vom Pfarrer immer wieder zitiert wurde, war ihr unverständlich:

Daß hinfür niemand, weder jung noch alt, weder manns- noch weibs-personen, weder knaben noch töchter, sollent danzen, spilen und dergleichen werk der fünsternis treiben. Welche solches wurde übertretten, über kurz oder lange zeit, soll für ein jedes mahl allwegen ein kronen ohne gnad verfallen seyn, (...). Desgleichen sollent auch musqerejen und fastnacht buzen verbotten seyn bey obgemeldter buß.

Der Pfarrer predigte immer das Gleiche und sie driftete mit ihren Gedanken jedes Mal ab.

Sie hatte die Rankenmuster mit dem Laubwerk studiert. Jedes Mal entdeckte sie etwas Neues. Diesmal hatte sie den Tod studiert, der mit einer Frau Schach spielte. Sie trägt ein rotes Kleid. Er packt sie am Handgelenk und zeigt auf die Sanduhr. Ob das wohl heißen sollte, dass ihre Zeit vorbei war? Doch fast mehr interessierte sie das niedliche Käuzchen, das oben zu sehen war und das von Tagvögeln gepiesackt wurde. Wieso war immer die Nacht das Schlechte und der Tag der Gute?

»Bei uns in der Casa Gronda hat vor ein paar Tagen der Stuckateur angefangen«, sagte Barbla.

»Und jetzt?«, antwortete Anna Catrina.

»Du müsstest ihn mal sehen.«

»Das hab ich doch schon. Er hat sich bei uns einquartiert.«

»Und?«

»Was und?«

»Hast du gesehen, wie hübsch der ist?«

»Ist mir noch gar nicht aufgefallen.«

»*Mia cara Anna.* Du wirst noch als alte Jungfer enden.«

»Und wenn schon!«

»Möchtest du denn keine Familie?«

»Was nützt eine Familie, wenn man sie dann doch verliert?«

»Du denkst an deine Mutter und an Tante Elscha?«

»Ja, und an meinen Vater.«

»Ich freue mich jedenfalls, dass Meister Hans da ist«, sagte Barbla. »Ich glaube, meine Herrin mag ihn auch.«

»Ach ja?« Anna Catrina riss einen Grashalm ab und steckte ihn in den Mund. »Sag bloß, die vergnügt sich, während ihr Gatte weg ist, mit einem anderen.«

»Was du dir immer vorstellst.« Barbla wandte sich ab.

Anna Catrina griff sie an der Schulter. »Nun hab dich nicht so. Das war ein Witz. Ich weiß doch, dass du auf deine Herrin nichts kommen lässt.«

»Sie sucht übrigens noch Mägde.«

»Interessant«, sagte Anna Catrina gelangweilt.

»Ich meine ja nur. Weil du nicht immer so glücklich bist bei deinem Onkel.«

»Ich bin glücklich bei meinem Onkel.«

»Aber du hast doch gesagt, dass dir manchmal ...«

»So ein Mist, den du da erzählst.«

»Dann eben nicht. Du kannst es dir ja noch überlegen. Ich würde dich auf jeden Fall empfehlen.«

»Bist du dir da sicher?« Anna Catrina riss ein Büschel Grashalme aus und warf sie Barbla an den Kopf.

»Warte nur!« Barbla griff ebenfalls ins Gras. Schnell stand Anna Catrina auf und rannte den Berg hinunter, dicht gefolgt von ihrer Freundin.

Anna Catrina lief so schnell sie konnte, hörte plötzlich ein Schnaufen hinter sich und schaute zurück. Barbla hatte in der Zwischenzeit ein großes Grasbüschel mitsamt den Wurzeln ausgerissen und schwang es durch die Luft. Anna Catrina duckte sich geschickt, um dem Wurfgeschoss auszuweichen, verlor dabei jedoch das Gleichgewicht und rollte rücklings den Berg hinunter, ihrem Jugendfreund Clau direkt vor die Füße. Er lachte und streckte ihr die Hand entgegen. Sie ließ sich von ihm in die Höhe ziehen.

»*Dieus en tschiel!* Was macht ihr denn da? Rennt um euer Leben. Man könnte meinen, die Bündner Wirren seien noch voll im Gang.«

Jetzt kam auch Barbla dazu. »So, ihr beiden Turteltäubchen«.

Anna Catrina strich sich das Gras von der Kleidung und warf Barbla einen bösen Blick zu.

Die Turmglocken läuteten.

»Oh je, schon so spät!«, sagte Anna Catrina. »Ich muss in die Gaststube.

»Kann ich dich begleiten?«, fragte Clau.

»Keine Zeit«, sagte sie und rannte davon.

Sie kannte Clau schon lange. Seit sie denken konnte, war er da gewesen. Er war der Sohn des Bäckers. Einmal hatte er ihr, als sie bei diesem Bauern fast verhungert war, ein Stück Brot gebracht. Es war noch warm gewesen. Doch in letzter Zeit ging er ihr etwas auf die Nerven. Er wollte sie immer begleiten, nach der Kirche treffen.

Es war schon spät. Dunkelheit hatte sich wie ein schweres Tuch über das Städtchen gelegt. Nur im »Löwen« saßen immer noch ein paar Gäste.

»Fragst du mal nach der letzten Runde«, sagte Uri zu Anna Catrina.

Sie war müde und hätte die Männer am liebsten gleich nach Hause geschickt. Doch sie tat, was ihr Onkel ihr sagte.

Meister Hans war an diesem Abend nicht hier gewesen. Wenn sie ehrlich war, dann hatte sie ihn vermisst. Wie er jeden Abend allein an einem Tisch saß und seinen Halben trank. Meist in irgendwelche Skizzen vertieft. Er war nicht wie die anderen Männer. Begegnete ihr immer mit Achtung. Das gefiel ihr.

»Habt ihr noch einen Wunsch?«, fragte sie in die Runde.

»Wünsche habe ich viele«, gab Balzer zurück. »Dich zum Beispiel würde ich gerne mal haben.« Er griff nach ihr, doch Anna Catrina konnte noch rechtzeitig zurückweichen.

»Da musst du aber früher aufstehen.«

Die anderen lachten.

»Bring uns noch einen Halben. Aber nicht von diesem sauren Zeug. Wir nehmen den teureren. Zur Feier des Tages«, sagte Balzer.

»So, so. Ihr habt also etwas zu feiern. Und was soll das sein?«, wollte Anna Catrina wissen. Es hatte wie eine Drohung geklungen.

»Das wirst du noch früh genug erfahren«, sagte Balzer und lachte.

Es dauerte noch eine ganze Stunde, bis sie das Gasthaus verließen. Anna Catrina wollte gerade in ihre Kammer hochsteigen, als sie eine Katze erbärmlich miauen hörte. Das musste die Schwarze sein, die immer in der Küche herumstreunte und Abfälle erbettelte. Besorgt kehrte Anna Catrina wieder um und ging durch die Hintertür auf den Hof hinaus. Das Miauen war verstummt. Sie sah sich um, die Katze war nirgends zu sehen. Sie rief nach ihr. Doch nichts geschah. Langsam schritt sie rückwärts Richtung Türe. Da stieß sie mit dem Rücken gegen etwas Weiches. Schnell drehte sie sich um. Erstarrte vor Schreck. Vor ihr hing die Katze. Die Augen waren seltsam herausgequollen. Aus dem Mund hing die Zunge. Jemand hatte ihr eine Schlinge um den Hals gelegt und sie am Wäscheseil aufgehängt. Sie packte das Tier, löste die Schnur um seinen Hals. Doch es war zu spät. Sie nahm die Katze auf den Arm, streichelte das noch warme Fell. Und weinte.

»*Bien di!*« Clau brachte wie jeden Morgen das Brot.

Anna Catrina war bemüht, sich nichts anmerken zu lassen. Aber es gelang ihr nicht.

»Was ist denn los mit dir heute?«, wollte Clau wissen.

Sie wandte sich ab. Tränen liefen ihr über die Wangen.

Clau nahm sie an den Schultern und drehte sie zu sich. Sie starrte zu Boden. Eine Träne hinterließ einen dunklen Flecken.

»Es ist nichts.« Sie wandte sich von ihm ab.

»*Tgei caschiel!* Sag mir, was los ist!« Er ging wieder zu ihr hin.

»Sie haben die Katze erhängt.« Sie suchte in ihrer Schürze nach einem Taschentuch.

»Wer?«

»Das weiß ich doch nicht.« Anna Catrina schnäuzte sich die Nase.

»Wann war das?«

»Gestern Abend. Spät.«

»Dann war es Balzer.«

Sie steckte das Taschentuch wieder ein. »Woher willst du das wissen?«

»Weil ich ihn gesehen habe. Im Hinterhof.«

»Und was hast du um diese Zeit noch dort gemacht?«

»Ich w-wollte«, stotterte Clau.

»Du hast mir nachgestellt?« Sie trat einen Schritt auf ihn zu.

»Ich wollte nur nachschauen, ob alles in Ordnung ist.«

»Das war es aber nicht.«

»Es tut mir leid, Anna.« Er nahm ihre Hand. Sie zog sie zurück.

»Dann gehe ich jetzt wohl besser«, sagte er, nahm zwei Laibe Brot aus dem Korb und legte sie auf den Tisch. »*Sin seveser!*«

Anna Catrina erwiderte den Gruß nicht.

Als sie am nächsten Abend wieder in den »Löwen« kamen, schritt Anna Catrina an Balzers Tisch, baute sich vor ihm auf, schaute ihm direkt in die Augen. »Wieso hast du das gemacht?«, wollte sie von ihm wissen.

»Was soll ich denn gemacht haben?«, fragte er in die Runde.

»Das weißt du genau. Die schwarze Katze.«

»Welche schwarze Katze?«

»Unsere.«

»Hab gar nicht gewusst, dass ihr eine schwarze Katze habt. Hast du das gewusst, Christ?«

Christ schüttelte den Kopf.

»Aber passen tut es natürlich zu dir«, fuhr Balzer fort.

Anna Catrina stellte die Weinbecher mit einem Knall auf den Tisch, so dass ein paar Tropfen überschwappten und funkelte ihn zornig an.

Balzer hielt sie am Handgelenk fest. »Vielleicht solltest du einfach ein bisschen netter sein.«

Plötzlich stand Meister Hans hinter Anna Catrina. »Lass sie los«, sagte er ganz ruhig.

»Hab gar nicht gewusst, dass du einen Verehrer hast.« Balzers Griff wurde fester. Anna Catrina hätte am liebsten aufgeschrien. Doch diese Freude wollte sie ihm nicht machen.

»Und wieso soll ich sie loslassen?«, fragte er an Meister Hans gerichtet.

»Find's raus«, erwiderte Meister Hans.

Sie sah die Faust erst, als sie auf Balzers Gesicht aufschlug. Meister Hans' Faust. Balzer kippte nach hinten.

Er hielt sich die Wange. »Für einen Kunstheini nicht schlecht. – Da hast du dir den richtigen ausgesucht. Glückwunsch, Anna. Aber das mit der Katze war ich trotzdem nicht.«

»Wer's glaubt«, gab Anna Catrina zurück.

»Ich glaub, es ist besser, Ihr geht jetzt«, sagte Meister Hans.

»So, so, spielt sich schon zum Hausherrn auf, der Bursche.«

»Was ist hier los?« Annas Onkel stand unter der Tür.

»Die Herren wollten gerade gehen«, erklärte Meister Hans.

»Die Herren«, äffte Balzer Meister Hans nach. »Kommt, Kameraden, Abmarsch.«

Die vier trotteten davon.

»Was war denn?«, wiederholte Uri seine Frage.

»Ach, nichts.« Anna Catrina begann, das Geschirr zusammenzuräumen. Meister Hans setzte sich wieder an seinen angestammten Platz.

»Hast du übrigens die Schwarze gesehen?«, fragte Uri.

»Nein«, sagte Anna Catrina. »Vielleicht ist sie mal wieder unterwegs.« Sie konnte ihrem Onkel nicht sagen, was geschehen war. Schnell räumte sie Becher und Teller ab, trug alles in die Küche.

Ihr Onkel sah müde aus.

»Geh schon schlafen, ich mache hier fertig«, sagte sie.

»Wenn du meinst.«

Anna Catrina fühlte sich hellwach. Die Wut hatte alle Erschöpfung vertrieben. Oder war es eher ein Gefühl der Ohnmacht? Sie verstand nicht, wieso man den Männern so ausgeliefert war. Wieso sie sich das Recht herausnehmen konnten, unverheiratete Weiber zu beleidigen.

Sie nahm einen Stapel Geschirr und wollte ihn in

den Wasserbottich, der in der Küche in einer Ecke stand, legen, da merkte sie, dass er leer war. Mist. Jetzt musste sie noch zu so später Stunde zum Brunnen gehen. Das Sittenmandat, das die Gemeinde Gruob vor ein paar Jahrzehnten erlassen hatte und das auf dem strengen Kirchenregiment des Pfarrers Stefan Gabriel beruhte, verbat es, sich nach Zehn draußen aufzuhalten. Die Wirtshäuser mussten eine halbe Stunde früher schließen, damit die Gäste noch nach Hause kamen.

Doch stehen lassen wollte sie das Geschirr nicht. Es würde nur alles eintrocknen. Sie hätte Meister Hans fragen können, ob er sie begleitete. Dann würde der Nachtwächter vielleicht ein Auge zudrücken. Aber der Meister war bereits in seiner Kammer verschwunden. Und an seine Türe klopfen mochte sie nicht.

Sie verließ die Gaststätte durch den vorderen Eingang und wartete, bis sich ihre Augen an die Dunkelheit gewöhnt hatten, dann ging sie die Gasse hinauf bis zum Brunnen. Es war niemand zu sehen.

Sie drehte an der Kurbel und ließ den Kessel im dunklen Loch verschwinden. Wenig später hörte sie ihn aufs Wasser aufklatschen. Sie hielt die Kurbel mit beiden Händen fest und drehte den Kessel wieder hoch.

»Das ist doch keine Arbeit für Weiber!«, sagte eine Stimme hinter ihr.

Anna Catrina erschrak. Sie konnte sich nicht umdrehen, ohne die Kurbel loszulassen. Aber sie wusste, wer dicht hinter ihr stand. Sie hatte die Stimme erkannt. Und konnte seinen nach Wein stinkenden Atem riechen.

»Nun lass mich dir schon helfen!« Balzer legte seine Hand auf ihre Hände. Reflexartig zog sie sie zurück. Mit Leichtigkeit kurbelte er den Kessel nach oben und stellte ihn auf den Brunnenrand.

»Und, bekomm ich jetzt eine Belohnung?« Er sah sie herausfordernd an.

»Danke«, sagte Anna Catrina und griff nach dem Kessel.

Er packte sie am Arm. »Nicht so schnell, meine liebe Anna. Ein Kuss sollte schon drin sein.« Er zog sie an sich, sein Gesicht näherte sich dem ihren, sie drehte den Kopf weg. Er packte sie am Kinn, drehte ihren Kopf unsanft zu sich hin und stieß ihr die Zunge in den Mund.

Anna Catrina glaubte zu ersticken. Mit aller Kraft biss sie zu. Balzer wich zurück und schlug ihr so stark ins Gesicht, dass sie nach hinten fiel. Mühsam rappelte sie sich auf. Etwas Dunkles rann Balzer vom Mund das Kinn hinunter. Blut. Er packte sie am Arm und zog sie in einen Schopf, der sich direkt hinter dem Brunnen befand und offen stand. Drinnen stieß er sie rücklings ins Stroh. Ein Huhn gackerte.

Er kniete sich auf sie. Riss ihr die Bluse vorne herunter, so dass ihre Brüste freilagen.

Seine Hände waren überall. Auf ihren Brüsten, zwischen ihren Beinen. Er zog seine Hose nach unten. Sie sah sein Glied in die Höhe ragen, dann spürte sie, wie er es in sie hineinstieß, sie beinahe zerriss.

Als sie zum Brunnen zurückkehrte, stand der volle Kessel immer noch da. Sie nahm ihn in die eine Hand, mit der anderen hielt sie ihre Bluse zu. Und hoffte, dass sie der Nachtwächter nicht sah.

»Du musst ihn anzeigen, diesen Fiesling«, sagte Barbla und schlug mit der Hand auf den Tisch.

»Und was soll das bringen? Die Stina hat es doch letztes Jahr auch versucht. Und was ist passiert? Sie landete für drei Tage im Kerker. Wegen Unzucht.«

»Anna, ich verstehe dich nicht. Sonst wehrst du dich doch auch. Was ist nur mit dir los?« Sie legte die Hand auf Anna Catrinas Schulter. Aber diese schüttelte sie ab, stand auf.

Das hatte doch keinen Sinn. Sie musste immer wieder an den Schopf denken. Wie Balzer nach Wein roch. Wie sie sich am liebsten aufgelöst hätte. Aufgehört hätte zu existieren.

Zu Hause hatte sie sich mit einem feuchten Tuch am ganzen Körper die Haut gerieben. Bis sie ganz rot war. Doch es hatte nichts genützt. Der Geruch blieb. Am liebsten hätte sie sich geschält. Und jetzt sollte sie, eine Hintersäße, die nicht einmal das Bürgerrecht dieses Ortes besaß und nur eine einfache Magd war, zum Gericht gehen? Und denen alles erzählen? In allen Details? Damit man sie der Hurerei bezichtigen konnte. Sagen konnte, dass sie selber schuld sei. Weil man letztlich immer selber schuld ist.

»Er wird es immer wieder tun, Anna. Du musst auch an die anderen Weiber denken.«

Aber auf der anderen Seite. Sollte sie diesen Balzer davonkommen lassen? Damit er mit anderen Frauen auch so umgehen konnte? Der brauchte doch mindestens mal eine Lektion. Und wenn es nur ein paar Tage Pranger waren. Dann würde es ihm schon vergehen. Und die Anderen waren immerhin vor ihm gewarnt.

»Du hast recht.« Anna Catrina setzte sich wieder hin.

»Ich komme mit zum Landammann, wenn du willst«, sagte Barbla.

»Das ist nett von dir, aber ich möchte dich da nicht mit heineinziehen. Das mach ich allein.«

Offenbar hatte sie den Landammann gerade beim Mittagessen gestört. Er öffnete kauend die Tür, strich sich mit dem Ärmel über den Mund.

»Anna?«, fragte er erstaunt. »*Bien di!* Was führt dich zu mir?« Er bat sie herein und führte sie in eine kleine Stube. An der einen Wand stand ein mit Schnitzwerk verzierter Schrank, an der anderen hing neben einem Gestell mit Krügen und zinnernen Weinkannen eine Wanduhr. Die Sonne schien durch die Scheiben und warf ein Muster von Kringeln auf den Boden. Der ganze Raum war mit dunklem Täfer ausgelegt. Der Landammann hieß Anna Catrina, am Tisch Platz zu nehmen.

Sie fror trotz der Wärme, die herrschte, und zog ihr Tuch, das über ihren Schultern lag, enger um sich.

Der Landammann schien zu spüren, wie aufgewühlt sie war, sagte aber nichts. »Was kann ich für dich tun?«, fragte er stattdessen.

Anna Catrina bereute in diesem Moment, dass sie hergekommen war. Was sollte sie diesem Mann, schon erzählen? Dass sie von einem anderen Mann … Die hielten doch alle zusammen. Obwohl, der Landammann war ihr gegenüber immer aufrichtig gewesen. Er hatte sich um sie gekümmert, als ihre Tante verbannt wurde, und ihr die Stelle beim Bauern verschafft. Dass sie dort nicht gut aufgehoben war, konnte er ja nicht ahnen.

»Es war vor drei Tagen«, begann sie mit zittriger Stimme. »Es war schon spät. Das Wasser war ausgegangen und ich musste zum Brunnen.«

»Mitten in der Nacht? Aber es ist doch verboten ...«

»Alles war dunkel. Die Stadt wie ausgestorben. Und dann ...« Am liebsten wäre sie einfach aufgestanden und gegangen. Doch ihre Beine waren wie gelähmt. »Dann kam der Balzer und hat mich ...«

»Hat er dir was angetan?«

»Ja«, sagte Anna Catrina leise. Sie stützte den Kopf in die Hände, Tränen tropften auf den Tisch.

»Hat er dich ... Hattet ihr fleischlichen Verkehr?«

Sie nickte.

»Dieser Mistkerl. Jetzt ist er fällig. Gut, dass du hergekommen bist. Das wird ihn ein paar Tage Kerker kosten. Oder gar eine Verbannung.«

Anna Catrina atmete auf. Sie hob den Kopf. Er würde seine gerechte Strafe erhalten, ja vielleicht aus Ilanz verbannt werden. Dann würde er ihr nichts mehr anhaben können.

»Du hast dich sicher gewehrt.«

Hatte sie sich gewehrt? Sie wusste es nicht mehr. Am Anfang schon, aber dann? Hatten sie ihre Kräfte verlassen.

Sie schaute den Landammann an.

»Das ist wichtig. Wenn er Verletzungen hat, Kratzer von deinen Fingernägeln. Dann wissen die Richter, dass es gegen deinen Willen geschehen ist.«

»Gegen meinen Willen, meint Ihr? Aber das ist doch klar.«

»Nicht immer. Es gibt auch Weiber, die einem Mann eins auswischen wollen und ihn deshalb denunzieren.«

»Aber ich …«

»Ich glaube dir ja. Doch wir brauchen Beweise. Also, hast du dich gewehrt? Gibt es Spuren? Hat es jemand gesehen?«

»Ich weiß nicht, ich glaube nicht.« Sie hatte Balzer in die Zunge gebissen, aber galt das als Beweis? »Ich hab ihn in die Zunge geb …«

»Ja, aber sonst, dass kann er sich ja auch selber zugefügt haben. Keine Kratzer an den Armen?«

»Ich glaube nicht.«

»Dann wird es schwierig.«

»Aber er ist doch schuld. Er muss dafür bestraft werden.«

»Du hast natürlich recht, aber ohne Beweise kann es auf dich zurückfallen. Du bist ein hübsches, lebensfrohes Weib, gehst auf die Leute zu.«

»So bin ich halt. Und jetzt muss ich dafür büßen, dass ich nett mit den Leuten bin?«

»Natürlich nicht. Ich sage nur, es könnte von den Richtern falsch ausgelegt werden.«

»Und dann?«

»Dann würdest du verurteilt.«

»Und was heißt das genau?«

»Mindestens zwei Tage Kerker wegen Unzucht.«

Anna Catrina schüttelte den Kopf.

»Es tut mir leid, Anna. Aber ich kann es auch nicht ändern. Ich hätte dir gerne geholfen.«

Mit einem Ruck stand Anna Catrina auf, der Stuhl fiel rückwärts zu Boden. »Ich muss gehen.«

»Nun warte doch. Vielleicht kann ich ...«

»Wenn das alles ist, was Ihr zu bieten habt, dann kann ich darauf verzichten.« Sie schlug die Türe hinter sich zu.

KAPITEL 3

Irgendwo krähte ein Hahn. Anna Catrina stand auf, rieb sich mit einem in Wasser getränkten Tuch Gesicht und Hals ab.

Da wurde ihr schwindlig, dass sie sich wieder auf die Bettstatt setzen musste. Die ganze Welt drehte sich um sie. Oder war es gar sie selber, die sich drehte? Sie schloss die Augen, aber es wurde nur noch schlimmer. Also streckte sie sich auf dem Bett aus, atmete tief ein und aus. Doch es nützte nichts.

Sie konnte doch nicht den ganzen Tag im Bett liegen bleiben. Sie blickte zur Decke, sah sich wieder im dunklen Schopf. Mit Balzer. Ihr wurde übel. Rasch setzte sie sich auf und übergab sich in den Nachttopf. Gleichzeitig spürte sie Wut.

Diesen Gefallen würde sie ihm nicht tun! Nur weil sie sich davor fürchtete, dass er heute wieder in die Wirtschaft kam, würde sie nicht den ganzen Tag im Bett verbringen. Soll er nur kommen. Sie würde ihm fest in die Augen blicken, als wenn nichts geschehen wäre.

Sie versuchte, sich zu erheben, diesmal ging es schon besser. Der Schwindel hatte etwas nachgelassen.

Vorsichtig stieg sie die Treppe hinunter und griff nach dem Besen, um die Gaststube zu fegen. Ihr Onkel war noch nirgends zu sehen. Sie wischte den Staub Richtung Tür, öffnete sie und beförderte den Dreck auf die Gasse hinaus. Je mehr sie wischte, desto wütender wurde sie.

Da hörte sie ein Husten. Aus der Staubwolke tauchte Meister Hans auf.

»Um Gottes Willen! *Perstgisa!*«, rief sie.

»Das ist ja vielleicht eine herzliche Begrüßung.« Meister Hans klopfte den Staub von Hose und Tschopen.

Anna Catrina wollte ihm helfen, doch sie zog die Hand schnell wieder zurück. »Tut mir leid, ich habe Euch nicht gesehen. Ihr seid aber auch schon früh unterwegs.«

Er schaute sie an, ein Lächeln auf dem Gesicht. »Ist nicht so schlimm. In Ilanz ist man ja einiges gewohnt.«

»Wie meint Ihr das?«

»Bezüglich Sauberkeit nimmt man es hier nicht so streng.«

Das stimmte. Wenn es nicht gerade frisch geschneit hatte, waren die Straßen mit Morast bedeckt. Dies war nicht immer so gewesen. Anna Catrina konnte sich erinnern, als sie noch ein Kind war. Da blitzte das Kopfsteinpflaster. Oder war es nur der Nebel der Erinnerung, der alles schöner erscheinen ließ?

»Aber bitte, kommt doch herein.« Sie trat zur Seite, machte mit dem Arm eine einladende Bewegung und setzte leicht zu einer Verbeugung an.

»Danke, meine Dame«, sagte Meister Hans übertrieben freundlich und schwebte in den Gastraum.

Von draußen kam ein Kichern. Barbla musste die Szene mitverfolgt haben. »Was ist denn mit dir passiert!«

»Mit mir. Wieso?« Anna Catrina trat zu Barbla auf die Straße.

»Hab dich noch nie so galant gesehen. Der gefällt dir wohl.« Sie deutete mit dem Kopf ins Innere. »Ist nicht übel anzuschauen mit seinen dunklen Locken. Aber du solltest mal sehen, was er da in der Casa Gronda gemacht hat. Vielleicht zeigt er's dir ja.« Sie kicherte wieder.

»Ich muss jetzt leider arbeiten«, sagte Anna Catrina.

»So, so.« Barbla winkte ihrer Freundin zum Abschied zu.

Anna Catrina ging in die Küche, um zu schauen, ob ihr Onkel den Haferbrei bereits aufgesetzt hatte. Doch vom buckligen Uri war nichts zu sehen. Schnell entfachte sie ein Feuer, schüttete Hafer und

Wasser in eine Pfanne. Als sie in die Gaststube trat, um Meister Hans das Besteck zu bringen, war er über seine Skizzen gebeugt. Eine zeigte eine Frauenfigur.

»Gefällt es Euch?«, fragte er.

Anna Catrina nickte, sie hatte noch nie etwas so Schönes gesehen.

»Seht Ihr die Ähnlichkeit?«

»Die Ähnlichkeit womit?«

Er lachte. »Mit Euch!«

Anna Catrina spürte, wie ihr die Röte ins Gesicht stieg. »Aber so sehe ich doch gar nicht aus.«

»Wie seht Ihr denn aus?«

»Keine Ahnung. Anders.«

»Ihr seid wunderschön.«

Anna Catrina blickte zu Boden. Und erschrak. Etwas roch verbrannt. Der Brei!

»Ich, ich muss in die Küche«, stammelte sie und lief davon.

Ihr Onkel war dabei, Wasser in den Brei zu rühren, doch es war zu spät. Es hatte sich bereits eine braune Kruste gebildet. »Schade um den Hafer«, sagte er. »Vielleicht fressen es ja die Katzen.« Er kippte den Matsch auf einen Teller und stellte ihn in den Innenhof.

»Hast du übrigens die Schwarze gesehen?«, fragte er, als er zurückkam.

»Nein«, sagte Anna Catrina.

Sie musste es ihrem Onkel sagen, aber wie? Schließlich hatte er ein schwaches Herz, das hatte der Bader letzten Sommer gesagt, als es so heiß war und ihr Onkel in der Küche zusammengebrochen war.

»Die streunt sicher irgendwo in Ilanz herum. Hat eine bessere Futterstelle gefunden. Vielleicht im Haus Schmid am Obertor? Die Anna Schorsch hat nicht nur ein gutes Herz für die Armen, sie füttert auch die Katzen der ganzen Umgebung. Ich werde heute Nachmittag mal nachschauen.«

»Ja, mach das und dann geh gleich zum Markt. Ich brauche eine neue Zaine fürs Holz, die alte ist so durchlöchert, die lässt sich nicht mehr flicken. Kannst du nicht hingehen und mir eine besorgen?«

Anna Catrina vermied es, auf dem Weg zum Markt zum Schopf zu schauen. Starr richtete sie ihren Blick nach vorn auf das Haus Schmid am Obertor, ging an der Porta Sura vorbei, der Stadtmauer entlang, verließ die Stadt durch die Porta Cotschna und ging Richtung Fussau.

Der Markt war wie immer im Sommer kleiner als sonst. Das meiste Vieh weidete auf den Almen. Es gab nur ein paar Tiere, die sich im Süden nicht hatten verkaufen lassen.

Daneben gab es Stände mit Esswaren. Würste, Käse und Eier wurden angeboten. Von einem Stand weiter hinten roch es nach frischem Brot. Auch Wollhosen und Kittel gab es zu kaufen. Überall standen Frauen und begutachteten die Ware, diskutierten und feilschten mit den Verkäufern. Männer waren nur wenige zu sehen. Sie sah den Korber schon von weitem. Sein Stand war über und über mit Körben behängt.

»Wie geht es meiner Anna?«, rief er ihr zu.

»*Bien.* Ganz gut«, log Anna und lächelte. »Und wie geht es Frenna?«

»Die ist wieder mal guter Hoffnung.« Er deutete mit seinen Händen einen Bauch an.

»Das ist schön, das freut mich.« Seine Frau hatte innerhalb von drei Jahren schon das zweite Kind verloren. Und dabei war sie nicht die einzige. Wenn es so weiterging, starb Ilanz langsam aus. Zuerst der Krieg, dann Pest und Hungersnot und nun die hohe Kindersterblichkeit.

Eine Krähe machte sich lautstark von einem Baum herab bemerkbar. Anna Katrina schaute zu ihr hinauf. Kein gutes Zeichen. Sie würde auch das nächste Kind verlieren. Aber sie sagte nichts. Solche Prophezeiungen konnten einem Ärger einbringen. Vor allem, wenn sie sich bewahrheiteten. Sie dachte an ihre Tante. Und an Peter. Damals hatte alles Unheil begonnen.

»Ich brauche einen etwas größeren Korb«, wechselte sie rasch das Thema. »Fürs Holz. Aber nicht zu teuer.«

»Wie viel hast du denn dabei?«

»Drei Kreuzer, mehr hab ich nicht.«

»Wie wär's dann mit diesem? Nicht mehr ganz neu, aber der tut es noch ein paar Jahre.«

Er verschwand hinter dem Stand und kam mit einem etwas abgewetzten Korb zurück, der aber noch in gutem Zustand war.

»Den nehme ich.« Sie bezahlte, verabschiedete sich und ging weiter durch den Markt. Sie kam zum Stand, an dem es nach frischem Brot duftete. Gerne hätte sie eines gekauft, doch sie hatte kein Geld mehr. Am Ende des Marktes entdeckte sie ein kleines Mädchen mit roten Haaren, das am Boden saß und einen Beutel vor sich hatte.

»Was hast du denn feilzubieten?« Anna Catrina kauerte sich hin und betrachtete das Mädchen. Sein Gesicht war verschmiert, das Röckchen, das einmal weiß gewesen sein musste, graubraun vor Schmutz.

»Ich habe etwas für dich«, sagte es mit einer für sein Alter tiefen und rauen Stimme.

»Ja? Was denn?«

»Es ist da drin.«

»Was ist da drin?«

»Zuerst musst du mir sagen, ob du es nimmst.«

»Aber das kann ich doch nicht, wenn ich nicht weiß, was es ist.« Der Sack bewegte sich leicht. »Ist es eine Maus, die du gefangen hast?«

»Nein. Nimmst du es?«

»Wo sind denn deine Eltern?«

»Die sind nicht da. Sie wollten es ertränken. Nur weil es schwarz ist. Du musst es nehmen.« Sie hielt den Sack ein wenig auf, ein kleiner schwarzer Katzenkopf blickte heraus. Sie nahm das Kätzchen heraus und stellt es vor Anna Catrina hin. »Das ist Nerin. Nimmst du ihn?«

Das kleine Kätzchen hüpfte Anna Catrina auf den Schoß und rollte sich sogleich ein.

»Siehst du, er mag dich. Nimmst du ihn?«

»Und was möchtest du dafür?«

»Ich möchte nichts, er gehört dir.« Das Mädchen stand auf, packte den Sack und rannte davon.

»Warte!«, rief Anna Catrina, doch die Kleine war bereits zwischen den Leuten verschwunden. Sie nahm das Kätzchen und hielt es vor sich in die Luft. »Du bis also Nerin. Mal schauen, was Uri zu dir sagt.«

»Was willst du denn mit der Katze?« Auf einmal stand Barbla neben ihr.

»Die hat mir ein Mädchen geschenkt.«

»Eine schwarze? Das bringt Unglück.«

»Aber wir hatten doch schon eine.«

»Und was ist damit passiert?«

Anna Catrina dachte an das schwarze Bündel, das an der Leine hing. Schnell verscheuchte sie den Gedanken. Ich lass mich nicht einschüchtern. Schon gar nicht von irgendwelchen Lausbuben, dachte sie und schwieg.

»Du musst es mir nicht sagen. Die ist sicher im Kochtopf gelandet. Was mich aber interessieren würde: Hast du nun diesen Idioten von Balzer angezeigt?« Barbla stellte den Sack, den sie über der Schulter trug, auf den Boden.

»Ja, also nein.«

»Was soll das nun heißen?«

»Ich war beim Landammann. Aber er hat mir davon abgeraten.« Sie erzählte Barbla die ganze Geschichte. Dass es Beweise bräuchte, Zeugen. Und dass sie das nicht hatte.

»Und was hast du jetzt vor?«

»Keine Ahnung. Am liebsten würde ich es ihm selber heimzahlen«. Sie ballte die Faust.

»Bitte, Anna, mach keine Dummheiten!«

»Ich kann den Gedanken, ihn jeden Abend bei uns bedienen zu müssen, nur schwer ertragen.« Von ihrem Schwindel am Morgen sagte sie nichts.

»Aber dann komm doch zu uns. Dorothea von Planta sucht immer noch eine Magd. Die ist nicht einfach zu finden. Vor allem im Sommer. Da sind sowieso alle auf der Alm.«

»Ich weiß nicht. Ich bin als Magd nicht so geeignet.«

»Vielleicht musst du einfach mal über den eigenen Schatten springen.«

»*Forsa*. Vielleicht.«

Am Abend war er wieder da. Mit seinen drei Kumpanen. Sie saßen am selben Tisch wie immer. Anna Catrina spürte erneut den Schwindel, versuchte ihn zurückzudrängen, nicht zuzulassen.

Sie schwankte zum Tisch und brachte den Wein – die Augen starr auf den Boden gerichtet. Sie spürte Balzers Blick auf sich, wie er von oben nach unten wanderte, über ihren Hals und ihre Brüste glitt, bis zu ihrer Taille und weiter nach unten. Es brannte auf der Haut. Schnell stellte sie die Becher hin, sie wollte sich gerade abwenden, da packte sie Balzer am Handgelenk. Grob.

»Wieso so unfreundlich heute? Neulich warst du doch auch viel zugänglicher.«

Die Runde lachte. Offenbar wussten sie Bescheid. Anna Catrina versuchte, sich zu befreien, doch er hielt sie fest.

»Ich lass dich erst los, wenn du mir ein Lächeln schenkst.«

Es gelang ihr nur mit Mühe, die Mundwinkel nach oben zu ziehen. Doch sie wollte nur eines, weg von diesem Mann.

Endlich ließ er sie gehen.

»Schon besser. Und das nächste Mal machst du das gleich zu Beginn.«

Die Anderen lachten wieder. Anna Catrina schwankte in die Küche, hielt sich am Tisch fest. Der Schwindel war jetzt stärker als sonst. Für einen Moment wusste sie nicht, wo unten und wo oben war. Sie setzte sich hin, stützte den Kopf auf die Hände und weinte. Sie wollte hier weg und gleichzeitig konnte sie ihren Onkel nicht im Stich lassen. Wie sollte sie ihm das nur beibringen?

Sie hatte nicht gemerkt, wie Uri die Küche betreten hatte. »Wann fängst du in der Casa Gronda an«, fragte er.

»Wie? Wieso?«

»Barbla hat mir gestern erzählt …«

»Barbla! Die erzählt so manches, wenn der Tag lang genug ist.«

»Sie hat mir gesagt, dass Dorothea von Planta noch eine Magd braucht. Und dass es etwas für dich wäre. Ich möchte, dass du glücklich bist.«

Erstaunt blickte ihn Anna Catrina an. Solche Worte hatte sie noch nie von ihrem Onkel gehört, war er doch sonst immer ziemlich verschlossen.

Er setzte sich zu ihr. »Weißt du, du hast genug durchgemacht. Schon als Kind. Und ich habe mich nie um dich gekümmert.«

»Das stimmt doch gar nicht. Du hast mir diese Stelle angeboten.«

»Ja schon, aber vorher. Du hattest es wirklich nicht einfach. Und nun möchte ich, dass du wenigstens jetzt dein Glück findest.«

»Aber ich bin doch glücklich.«

Ihr Onkel schaute ihr tief in die Augen. »Nein, das

bist du nicht. Und ich bin es auch nicht. Du solltest die Stelle annehmen.«

Das kleine Kätzchen kam herangesprungen und strich Uri um die Beine. »Und schließlich hab ich ja jetzt den kleinen Kerl da.« Mit einer Hand hob er die Katze auf und nahm sie auf den Arm.

»Es macht dir wirklich nichts aus, wenn ich gehe?«

»Klar, macht es das. Aber es ist besser für dich, wenn du in der Casa Gronda arbeitest. Ich werde gleich morgen bei Dorothea von Planta vorsprechen.«

Anna Catrina drückte ihm einen Kuss auf die Wange und erschrak sogleich – überrascht über die plötzliche Nähe, die zwischen ihr und ihrem Onkel entstanden war.

Sie saßen noch eine Weile da, ohne etwas zu sagen. Nerin war inzwischen in Uris Armen eingeschlafen. Anna Catrina dachte an die Zeit, als sie noch ein Kind war. Sie hatte es wirklich nicht einfach.

II.
DIE KINDHEIT

KAPITEL 4

Es ist ein warmer Frühlingstag. Die ersten Schmetterlinge lassen sich von Blume zu Blume gleiten, Vögel zwitschern. Anna spielt mit zwei Buben auf der Viehweide.

»Hol sie dir doch, wenn du kannst!«

Anna rennt dem einen Bub hinterher. Doch ohne Erfolg. Er ist älter und schneller als sie. Jetzt hat er gleich das Wäldchen erreicht. Er hält die Kirschen an den Stielen in die Höhe. Schwenkt sie hin und her.

»Das ist nicht recht. Gib mir die Kirschen zurück! Die hat mir die alte Onna gegeben.« Anna weint. Rotz läuft ihr aus der Nase.

Ein anderer Bub schubst sie von hinten. Sie stolpert.

»Das werde ich meiner Mutter sagen und dann wird sie euch …«

»Du hast doch gar keine Mutter«, sagt der Andere und schubst sie gleich nochmals.

»Klar, habe ich eine Mutter.« Anna rappelt sich

wieder auf. Sie putzt sich mit dem verschmutzten Ärmel die Nase ab.

»Die Elscha? Aber das ist doch deine Tante. Weißt du nicht mal, dass das nicht deine Mutter ist?«

Anna überlegt. Seit sie sich erinnern kann, ist Elscha da gewesen. Was meint er damit, sie sei nicht ihre Mutter?

»*Ti tuppa mattatscha!*« Der Bub rennt dem andern hinterher. Sie stehen vor dem Wäldchen. Peter streckt ihr die Zunge heraus. Die Kirschen hat er sich an die Ohren gehängt. Paul macht ihr eine lange Nase.

Sollen die doch nur blöd tun mit mir, denkt Anna. Das nützt ihnen nichts. Vor allem der Peter. Sie sieht ihn in Gedanken am Boden liegen. Röcheln. Er hält sich den Bauch. Etwas fließt aus seinem Mund.

»Peter hat gesagt, du seist nicht meine Mutter«, sagt Anna am Abend. Elscha hat soeben erschöpft die Hütte betreten. Sie hat den ganzen Nachmittag damit verbracht, nach Kräutern zu suchen. Musste den Berg hochsteigen. Die mit der größten Wirkung wuchsen da, wo es keine Bäume mehr gab.

Nebenan im Verschlag meckert die Ziege, die Hühner sitzen auf dem Lehmboden neben der Feuerstelle. Sie haben die Augen geschlossen. Anna kniet am Boden und malt mit dem Finger Kreise auf den staubigen Untergrund.

»Wieso hast du das Feuer ausgehen lassen?« Elscha nimmt einen Haken und stochert in der Glut herum. Bläst hinein. Die Holzstücke glimmen rot, sie legt ein paar Scheite darauf, eine Flamme züngelt darunter hervor.

Anna gibt ihr keine Antwort. »Was gibt es heute zu essen?«, fragt sie stattdessen.

»Die Herrschaften haben mir altes Brot mitgegeben und etwas Milch. Daraus machen wir eine wunderbare Brotsuppe. Hilfst du mir mal?«

»Was ist das, Herrschaften?«

»Das sind Leute, die genug zu essen haben. Wie zum Beispiel die Schmid von Grünecks. Und manchmal haben sie sogar zu viel. Dann geben sie etwas ab. Vor allem die am Obertor. Die sind immer sehr großzügig.«

»Dann möchte ich auch einmal Herrschaften werden.«

»Das kann man nicht werden. Dazu muss man geboren sein.«

»Und das bin ich nicht?«

»Nein, das bist du nicht.«

»Schade, ich würde auch gerne anderen Leuten Essen verteilen.«

»Ja, dazu reicht es uns leider nicht.«

»Peter hat gesagt, du seist nicht meine Mutter«, wiederholt Anna ihren Satz.

Elscha hält inne. »Peter? Der lügt doch, wenn er s'Maul aufmacht.«

»Aber Paul hat es auch gesagt.«

Elscha zerreißt das Brot in kleine Brocken, gibt es in eine Schale. Dann füllt sie die Milch in den Kessel, der über dem Feuer hängt. »Das ist doch Kindergeschwätz.«

Anna beginnt zu weinen.

Elscha nimmt sie in den Arm. »Aber du bist doch meine kleine Anna.« Sie wiegt sie hin und her.

Plötzlich zischt es, weißer Schaum tropft in die Flammen, die Milch ist übergelaufen.

Elscha eilt zum Feuer, greift nach dem Topf, verbrennt sich die Finger, lässt ihn beinahe fallen. Sie nimmt einen Lappen, wickelt ihn um den Bügel und gießt die Milch über das Brot.

Anna sitzt immer noch auf dem Boden.

Sie tut ihr leid. Wie soll sie dem Kind nur sagen, dass sie nicht seine Mutter ist? Es wird Anna das Herz brechen.

»Diesem Peter werde ich das Maul stopfen«, sagt sie halblaut vor sich hin.

»Peter, iss deine Milchsuppe. Du kommst heute ja gar nicht vom Fleck.« Peters Mutter steht vor ihm, die Hände in die Hüften gestemmt.

Wenn sie so dasteht, ist nicht gut Kirschen essen mit ihr, das weiß er genau. Er löffelt gehorsam weiter, auch wenn er keinen Hunger hat. Den hat er schon seit ein paar Tagen nicht mehr. Seit sie draußen mit Anna gespielt haben. Bauchweh hatte er danach. Er hat sich nicht getraut, seiner Mutter etwas zu erzählen. Sie hätte ihn nur ausgeschimpft, ihn einen Schwächling genannt.

Die Mutter geht zur Feuerstelle. Wahrscheinlich bereitete sie schon den Zmittag zu. Der Geruch von Brühe vermischt mit Rauch steigt ihm in die Nase. Es schnürt ihm die Kehle zu. Er würgt. Er muss sich beinahe erbrechen, kann es gerade noch zurückhalten. Jetzt bringt er keinen Löffel mehr hinunter. Wenn er diese Suppe nur wegzaubern könnte. Wie in diesen Geschichten, die ihm der Großvater immer erzählte, wo Sachen einfach verschwinden.

»Wenn du das jetzt nicht fertig isst, gibt es heute den ganzen Tag nichts mehr.« Er hat nicht gemerkt, dass seine Mutter neben ihm steht. Sie nimmt ihm die hölzerne Schale weg, ohne noch etwas zu sagen.

Mitten in der Nacht erwacht er. Seine Bauchschmerzen sind wieder da. Er krümmt sich zusammen wie ein ungeborenes Kind, rollt sich ein, hält sich den Bauch. Doch es nützt nichts.

Die Schmerzen werden immer stärker, es scheint ihn zu zerreißen. Gerne würde er nach seiner Mutter rufen. Doch er bringt keinen Laut heraus. Nur ein leises Wimmern.

Irgendwann schläft er ein, aus Erschöpfung.

Am Morgen liegt er in Schweiß gebadet auf seinem Lager. Die Decke ist nass. Wenn das die Mutter sieht. Vorsichtig versucht er aufzustehen, taumelt, fällt hin. Bleibt reglos auf dem Boden liegen.

Anna sitzt auf der Bank vor ihrer Hütte. Glockengeläut. Der Trauerzug kommt nur schleppend vorwärts. Verschwindet hinter der Porta Bual. Zuvorderst geht der Pfarrer. Dann folgen die Männer mit dem Holzsarg. Er ist nicht sehr groß, der Sarg. Alle sind schwarz angezogen.

Ihre Mutter wollte ihr nicht sagen, wer gestorben ist. Aber Anna weiß es trotzdem. Peter. Er war immer sehr grob zu ihr. Hat sie immer gehänselt, ihr das wenige Essen, das sie hatte, weggenommen.

Anna hat ihm den Tod nicht gewünscht. Sie hat Peter nur gesehen, wie er tot am Boden liegt. Oder ist sie vielleicht doch Schuld daran, dass er gestorben ist? War etwas mit den Kirschen, die ihr Onna gegeben hatte, nicht in Ordnung?

Sie beobachtet eine Spinne, die über die Bank krabbelt. In einer Ritze verschwindet. Gerne wäre sie so eine Spinne.

Elscha und Anna sitzen nahe am Feuer. Draußen tobt ein Schneesturm. Von der Ziege hört man nichts, sie ist im Herbst verendet. Hat von einem Tag auf den anderen nichts mehr gefressen. Elscha hat ihr eine spezielle Tinktur gekocht. Mit den besten Kräutern, die sie finden konnte. Die hat sie ihr dann eingeflößt. Doch es war bereits zu spät.

Anna summt vor sich hin. Ein Lied, das sie von den anderen Kindern gelernt haben muss.

Plötzlich poltert es an der Tür. Elscha öffnet und sieht zuerst nichts. Nur eine weiße Wolke, die in die Hütte hineinweht. Dann löst sich eine Gestalt aus dem Weiß. Es ist die Nachbarin. Elscha müsse unbedingt nach Sogn Martin hinaufgehen. Eine Frau im Kindbett. Es sei dringend.

»Nach Sogn Martin hinauf, bei diesem Wetter?« Elscha schüttelt den Kopf.

Sie liege im Sterben. Es gehe darum, das Kind zu retten.

Elscha greift nach ihrem Beutel. Legt ein paar Kräuter hinein und eine Paste, die sie gerade letzte Woche frisch gemacht hat. Dann packt sie ein Tuch und wickelt es um sich.

Wie eisige Nadeln stechen ihr die Schneeflocken ins Gesicht. Sie versucht, sich so gut wie möglich zu verhüllen. Doch das Tuch rutscht immer wieder herunter. Mit der einen Hand hält sie es fest, mit der anderen rafft sie ihren nassen, schweren Rock in die Höhe, der ihr unangenehm um die Beine schlägt.

Zeitweise sieht sie nichts. Alles weiß in weiß. Davor ein paar Flocken, die losgelöst davon durch die Luft wirbeln.

Ob die Richtung noch stimmt?

Da hört sie ein dumpfes Donnern vom gegenüberliegenden Hang her. Eine Lawine muss heruntergekommen sein. Hoffentlich hat sie niemanden erwischt. Sie denkt an Anna. Aber die ist in Sicherheit.

Die Kälte wird langsam unerträglich. Sie setzt Fuß vor Fuß, versucht, an nichts zu denken.

Jetzt sieht sie die Konturen des Kirchturmes, die sich aus dem Weiß schälen. Das Haus ist ganz in der Nähe.

Sie hört das Schreien bereits durch die Tür. Ein kleiner Junge öffnet und tritt zur Seite. In einer Kammer liegt sie da. Die Laken voller Blut. Das Kind ist gerade gekommen, eine Nachbarin hält es auf dem Arm, doch es atmet nicht.

Elscha reinigt die Nase vom Schleim, packt es an den Füssen, haut ihm eins auf den Hintern, schüttelt es, bis es schreit. Es ist ein Junge mit dichten schwarzen Haaren. Jetzt wendet sie sich der Mutter zu. Streicht ihr die verklebten Strähnen aus dem Gesicht und reibt ihr etwas Salbe unter die Nase. Die soll das Blut stillen. Doch sie hat bereits zu viel verloren. Die roten Wangen werden immer blasser, das Blut weicht aus ihrem Gesicht. Dann noch ein letzter Atemzug. Elscha kann der Mutter nicht mehr helfen.

Der kleine Bub sieht sie an. Hat Tränen in den Augen. Sie geht zu ihm hin, streicht ihm über den Kopf.

»Wo ist denn euer Vater?«, fragt sie.

Der sei in den Krieg gezogen. Als Söldner. Er wisse nicht, wann er zurückkomme.

Sie denkt an ihre Schwester. Genauso ist sie gestorben. Hat geschrien bis es plötzlich still war. Und kein Vater da, der ihr beistand. Auch ihr Kind lebte. Anna. Die sie wie ihr eigenes aufgezogen hat. Sie muss ihr sagen, dass sie nicht ihre Mutter ist. Das wird sie noch heute tun. Gleich wenn sie nach Hause kommt.

»Anna, komm mal zu mir!« Elscha sitzt am Tisch und klopft mit den Händen auf ihre Oberschenkel.

Wie um ein Tier anzulocken. Anna klettert auf ihren Schoß. Drückt den Kopf gegen ihre Brust. Sie streicht ihr übers Haar. Es fällt ihr schwer, es auszusprechen.

»Machst du mir einen neuen Zopf?«, fragt Anna und schaut sie mit ihren dunklen Augen an.

»Nein, ich möchte dir etwas erzählen.«

»Eine Geschichte?« Ihre Augen leuchten.

»Ja, aber es ist eine traurige.«

»Ich mag keine traurigen Geschichten«, sagt Anna und verbirgt den Kopf in Elschas Bluse.

»Peter hat doch kürzlich gesagt, dass ich nicht deine Mutter bin.«

»Hat er deshalb sterben müssen?«

»Wie um Himmels Willen kommst du jetzt da drauf?«

»Weil du gesagt hast, du würdest ihm das Maul stopfen.«

»Das hast du gehört? Das sagt man doch einfach so.«

»Aha.«

»Peter hat recht gehabt.«

Anna schaut sie lange an. Sie scheint es nicht auf Anhieb zu begreifen. »Du bist nicht meine Mutter?«

»Nein, Anna. Ich bin deine Tante. Deine Mutter ist bei deiner Geburt gestorben.«

»Das kann nicht sein.«

»Doch, es ist so.«

»Ist sie wegen mir gestorben?«

»Natürlich nicht.«

Anna rutscht vom Schoß herunter. Ihr Gesicht ist ganz verzerrt. »Das sagt du doch nur.« Sie holt mit ihrem Ärmchen aus und lässt es auf Elscha niedersausen. Doch ihr Arm ist zu kurz. Sie schlägt in die Luft.

Elscha packt sie am Handgelenk. »Anna, es tut mir leid. Ich hätte es dir schon viel früher sagen sollen.«

Anna macht sich los, stößt die Holztür auf und eilt aus der Hütte.

Anna versucht zu rennen. Versinkt bis zu den Knien im Schnee. Stapft immer weiter den Berg hoch. Bis sie keine Luft mehr bekommt. Die Kälte schmerzt in den Lungen. Sie beginnt zu husten, muss anhalten, setzt sich in den Schnee. Es hat wieder zu schneien begonnen.

Sie lehnt sich zurück, schaut in den Himmel bis ihr schwindlig wird. Sie kann es nicht glauben. Sie will es nicht glauben. Elscha ist nicht ihre Mutter. Ihre Mutter ist tot. Im Himmel. Vielleicht kann sie sie sehen da oben, wenn sie nur lange genug hinschaut.

Dass sie keinen Vater hat, das schien ihr immer normal. Schließlich hatte sie Elscha. Aber nun war alles anders. Wo gehörte sie hin?

Sie friert. Sie hat sich gar nichts angezogen. Ist in den Socken aus dem Haus gerannt. Jetzt haben sich überall weiße Zöttelchen gebildet. Es sieht lustig aus, aber ihre Füße sind zwei Eiszapfen. Auch ihre Finger kann sie schon nicht mehr spüren. Doch es ist ihr egal. Sie wird jetzt einfach hier liegen bleiben. Bis ihre Mutter vom Himmel heruntersteigt und sie holt.

Elscha schaut überall nach. Vor der Hütte, im leeren Verschlag, bei der Nachbarin, in der Scheune. Anna ist nirgends zu finden. Wie vom Erdboden verschluckt.

Dann sieht sie hinter dem Haus kleine Fußspuren im Schnee, die den Berg hochführen. Schnell folgt sie ihnen. Ruft nach Anna, doch sie gibt keine Antwort. Es windet immer stärker, der Schneesturm kommt zurück. Verwischt die Spuren. Sie muss sich beeilen.

Ein kleines Mädchen draußen in der Kälte mit fast nichts an. Es würde nicht lange überleben.

Sie geht Richtung Wäldchen. Hier spielt Anna

immer mit den anderen Kindern. Vielleicht hat sie sich hier versteckt. Sie ruft wieder und wieder. Keine Antwort.

Anna sieht ihre Mutter. Sie hat rotbraune lange Haare, die ihr bis zum Gesäß reichen. Sie lächelt Anna an. Streckt ihr die Hand entgegen. Anna versucht sie zu greifen. Doch sie ist zu weit weg. Oder zieht die Mutter ihre Hand immer wieder zurück?

Plötzlich rüttelt sie jemand an der Schulter.

»Anna, hier bist du.«

Sie möchte die Augen öffnen, doch sie sind von der Kälte zugeklebt. Sie reibt sie mit den kalten Händen. Jetzt bringt sie sie auf. Und blickt in Elschas Gesicht. Es ähnelt demjenigen ihrer Mutter. Hat dieselben weichen Züge. Sie versucht, sich aufzurichten, doch ihr Körper gehorcht ihr nicht. Elscha zieht sie an sich. Anna spürt ihren warmen Körper. Elscha reibt ihr die Oberarme, die Beine. Langsam kommt Leben in die steifen Glieder zurück. Anna umarmt Elscha und drückt sie fest. Sie ist froh, dass Elscha sie gefunden hat. Auch wenn sie nicht ihre richtige Mutter ist. Sie ist der Mensch, den sie am meisten liebt.

KAPITEL 5

»Was ist denn los, wo gehen wir hin?«, fragt Anna.

Elscha läuft nervös in der Hütte hin und her. Sie trägt einen schönen Rock. Auch Anna musste ihr Sonntagsgewand anziehen. Und die Zöpfe hat sie ihr auch neu geflochten. Elscha hat an ihren Haaren herumgerissen, wie sie es sonst nie tut.

»Komm, beeil dich, zieh deine Schuhe an. Wir dürfen auf keinen Fall zu spät kommen.«

»Aber sag mir doch jetzt, wo wir hingehen.«

»Wir müssen zum Landammann.«

»Aber wieso?«

»Er möchte uns nur ein paar Fragen stellen. Du brauchst dich nicht zu fürchten. Es dauert sicher nicht lange.«

Sie schaut ihre Tante an. Sie ist ganz fahl im Gesicht. Etwas stimmt nicht. Stimmt ganz und gar nicht. Anna beeilt sich, die Schuhe anzuziehen, die sie nur im Winter trägt.

Sie gehen über die Viehweiden, bis zur Stadt ist es nicht weit. Ein paar Frauen kommen ihnen entgegen, die Elscha freundlich grüßt. Sie schwatzen jedoch einfach weiter. Eine wendet den Kopf ab.

»Was ist denn los? Grüßen die dich nicht mehr?«, will Anna wissen.

Elscha gibt ihr keine Antwort. Bedeutet ihr zu schweigen.

Sie gehen zu einem Haus, in dem Anna noch nie war. Es kommt ihr groß und abweisend vor. Sie steigen ein paar Treppenstufen hinauf. Vor der Tür steht ein Mann. Er schaut nicht freundlich drein, lässt sie aber ein, als Elscha ihm sagt, wer sie ist.

Sie stehen vor einer großen Holztür. Elscha rückt ihr Halstuch zurecht. Umfasst Annas Hand fester. Dann klopft sie. Von innen ruft jemand: »Herein!« Elscha öffnet die Tür.

Anna erschrickt. Etwa zehn Männer, alle in seltsame dunkle Umhänge gehüllt, sitzen an einem langen Tisch und schauen zu ihnen herüber. Sie fühlt sich ausgestellt, nackt. Wäre am liebsten hinter Elscha verschwunden, doch sie bleibt wie versteinert stehen.

Nur einer lächelt sie an. Das ist der Landammann, flüstert ihr Elscha zu, ihre Hände sind schweißnass.

Wer die anderen sind, sagt sie ihr nicht.

»Ich werde dir jetzt ein paar Fragen stellen«, sagt er an Anna gewandt. Sie schaut Elscha an. Diese nickt ihr aufmunternd zu.

»Du bist die Anna Catrina.«

Anna nickt.

»Und das ist Elscha, deine Tante.«

Anna nickt.

»Anna, wir würden gerne etwas von dir wissen. Der Peter ist doch gestorben.«

Anna schweigt.

»Weißt du wieso?«

Anna denkt nach. »Ist es wegen der Kirschen?«

»Welche Kirschen?«

»Die Kirschen, die ich von der alten Onna bekommen habe und die er mir gestohlen hat.«

»Nein, er ist nicht wegen der Kirschen gestorben.«

Anna schaut ihre Tante erleichtert an. Tiefe Falten haben sich an deren Nasenwurzel gebildet.

»Hat deine Tante etwas über den Tod von Peter gesagt?«

Anna versteht die Frage nicht.

»Hat sie etwas gesagt?«

Anna schüttelt den Kopf.

»Hat sie sonst etwas über Peter gesagt?«

Anna schüttelt wieder den Kopf und blickt ihre Tante an. Doch die schaut zu Boden.

»Anna, du weißt, dass du hier die Wahrheit sagen musst. Wenn nicht, dann geschehen deiner Tante ganz schlimme Sachen.«

»Sie hat nichts gesagt.«

»Wenn das so ist, müssen wir deine Tante hierbehalten.« Er winkt einen Mann heran, der ziemlich grob aussieht.

»Weibel, kannst du die Elscha bitte in den Kerker bringen?«

Anna weiß nicht, was ein Kerker ist. Aber es hört sich nicht gut an.

Der Weibel packt Elscha am Arm, zieht sie von Anna weg. Anna möchte die Hand ihrer Tante nicht loslassen, möchte bei ihr bleiben. Sie klammert sich fest, wird mitgezogen, doch der Landammann hält sie fest. Anna schreit, kann die Hand ihrer Tante nicht mehr halten. Sie steht da, sieht, wie die Tante vom Weibel grob zur Tür geführt wird.

»Ja, sie hat etwas gesagt!«, ruft sie den Männern zu.

Ihre Tante blickt sie mit großen Augen an. Zuerst will Anna nicht weitersprechen. Doch der Landammann nickt ihr freundlich zu.

»Sie werde dem Peter das Maul stopfen, hat sie gesagt.«

Die Männer, die hinter dem Tisch sitzen, beginnen zu tuscheln. Einer kritzelt etwas auf ein Stück Papier. Sie hört die Feder, wie sie über das Blatt kratzt.

Sie sieht ihre Tante an. Ihr Gesicht ist schreckverzerrt. Anna beginnt zu weinen.

»Das hast du gut gemacht, Anna«, sagt der Landammann. Er will ihr über den Kopf streichen, doch sie zieht sich zurück, rennt zu ihrer Tante, die immer noch neben dem Weibel steht und krallt sich in ihren Rock.

»Ihr könnt jetzt gehen«, sagt der Landammann zur Tante. »Aber halte dich bereit. Wir werden dich sicher nochmals aufbieten.«

»Hab ich etwas Falsches gesagt?«, jammert Anna auf dem Heimweg.

»Nein, du hast alles richtig gemacht.« Die Tante bückt sich zu ihr herunter, nimmt sie bei den Händen und küsst sie auf die Wange.

»Aber wieso machst du denn so ein besorgtes Gesicht?«, will Anna wissen.

»Nun mach dir mal keine Sorgen, Anna.« Elscha erhebt sich. »Willst du mir zeigen, wie schnell du bei der Hütte bist?«

Anna hüpft los. Sie macht es nur der Tante zuliebe.

Zwei Tage später klopft es an der Tür. Anna ist eben erst erwacht. Sie reibt sich die Augen. Wer kann das sein in der Früh? Ihre Tante ist schon wach, hantiert bei der Feuerstelle. Elscha reibt sich die Hände an der Schoß ab und öffnet.

Sie bleibt wie erstarrt stehen, ihr Gesicht verfinstert sich. Anna kann nicht sehen, wer vor der Türe steht. Es muss ein Mann sein. Sie hört eine dunkle Stimme. Anna steht auf, will zu ihrer Tante gehen. Die macht die Tür zu und kommt ihr entgegen.

»Komm setzt dich auf den Stuhl. Ich muss dir etwas sagen.« Ihre Augen sind wässrig. »Du musst jetzt ganz stark sein, meine Große. Deine Tante muss für eine Weile weg. Aber ich komme wieder, ich verspreche es dir.« Die Tante versucht zu lächeln, doch es will ihr nicht recht gelingen.

»Aber wieso musst du weg?«

»Das kann ich dir nicht sagen. Aber ich komme wieder. Und in der Zwischenzeit habe ich etwas für dich.«

Sie geht zu der Truhe, in der sie alle ihre Sachen aufbewahren und kramt darin herum. »Wo ist es bloß?«

»Was möchtest du mir denn geben?«

»Warte. Jetzt hab ich's. Hier ist es.«

Sie hebt eine Kette in die Höhe, an der ein Amulett hängt und streckt sie Anna entgegen. »Das ist etwas ganz Besonderes, darauf musst du gut aufpassen.«

Anna nimmt den Schmuck entgegen, lässt die Kette vorsichtig durch die Finger gleiten.

»Es ist von deinem Vater, es soll dich beschützen.« Die Tante nimmt ihr das Amulett aus der Hand und hängt es ihr um den Hals.

Anna betrachtet den Anhänger. »Der ist wunderschön.«

«Ja, das ist er.«

»Aber wo gehst du denn hin?«, fragt Anna, das

Amulett noch immer fest umschlossen. »Und mit wem musst du fort? Was ist das für ein Mann?«

»Das kann ich dir nicht sagen. Aber es wird nicht lange dauern, versprochen. Du kannst bei der Nachbarin essen, das hat sie mir gesagt.«

»Du hast schon länger gewusst, dass du fort musst?«

»Ich habe es geahnt.«

»Ich möchte nicht, dass du gehst.« Anna erhebt sich vom Stuhl und klammert sich an ihre Tante. Diese hält sie fest, dann versucht sie, Annas Arme zu lösen. Doch sie hält sich fest, so gut sie kann.

Nach einer Weile klopft es an der Tür. Als nichts passiert, wird sie aufgestoßen. Der Weibel, den Anna vor zwei Tagen zum ersten Mal gesehen hat, tritt in die Hütte. Er heißt Elscha mitzukommen. Aber Anna lässt ihre Tante nicht los. Da packt sie der Weibel und setzt sie unsanft auf einen Stuhl.

»Du bleibst hier«, sagt er mit lauter Stimme.

Anna beginnt zu weinen. Sieht alles nur noch durch einen wässrigen Schleier. Die Tante, wie sie sie auf die Stirn küsst, wie sie der Weibel am Arm nimmt, wie sie zusammen die Hütte verlassen. Anna sitzt da. Weiß nicht, was sie jetzt machen soll. Am liebsten wäre sie ihr hinterhergelaufen. Aber sie hat Angst vor diesem Weibel, dass er sie wieder beiseite stößt.

Kaum sind sie weg, klopft es wieder an der Tür.

Die Nachbarin kommt mit einer Suppe. »Hier Anna, das ist für dich. Du hast sicher noch nicht gefrühstückt.«

»Ich möchte nichts essen.«

Die Nachbarin stellt die Schale vor sie hin, Anna schiebt sie zur Seite. Sie will nichts essen. Sie beschließt, erst wieder etwas zu essen, wenn ihre Tante zurück ist.

Nach zwei endlosen Wochen des Wartens, in denen sich Anna jede Nacht in den Schlaf geweint hat, steht die Tante plötzlich wieder in der Hütte. Sie sieht schwach und abgemagert aus. Auf der Stirn hat sie eine seltsame Rötung.

»Hat man sich nicht gut um dich gekümmert?«, will Anna wissen.

Die Tante versucht zu lächeln, aber es gelingt ihr nur schlecht.

»Ich muss fort«, sagt sie und nimmt Anna in die Arme. »Fort für immer.«

»Dann komme ich mit dir.«

»Das geht nicht. Ich kann ja nicht mal für mich selber sorgen.«

»Dann bleib ich hier und warte auf dich.«

»Ich komme nicht zurück.«

»Nie mehr?«

»Ich darf nicht mehr zurückkommen.«

»Aber wieso? Was hast du getan?«

»Sie haben mich verbannt.«

»Verbannt?« Anna versteht nicht.

»Sie wollen mich nicht mehr hier haben. Nicht in Ilanz und nicht in den Drei Bünden.«

»Aber sie können dich doch nicht einfach so …«

»Doch, das können sie. Und du musst auch fort. Du kannst hier nicht bleiben. Die Hütte gehört mir nicht mehr.«

»Aber wo soll ich denn hingehen?«

»Der Landammann hat versprochen, sich um dich zu kümmern. Du musst tun, was er dir sagt. Er meint es gut mit dir.«

»Aber ich möchte mit dir …«

»Anna, du kannst nicht mit mir mitkommen. Du bleibst hier, so wie ich es dir gesagt habe.«

»Aber …«

»Keine Widerrede. Es ist so wie es ist.«

In der folgenden Nacht erwacht Anna. Draußen ist es noch dunkel. Etwas hat sie geweckt. Ein Geräusch.

Vielleicht eine Maus. Oder ein anderes Tier. Aber wo ist die Tante? Sie hört sie gar nicht atmen. Sie tappt im Dunkeln durch die Hütte. Das Lager der Tante ist leer.

Vielleicht ist sie draußen.

Anna geht vor die Tür. Doch auch da ist sie nicht. Sie schaut in Richtung Stadt. Alles ist noch ruhig.

Nicht einmal ein Hahn kräht. Jetzt kommt ihr wieder alles in den Sinn. Die Tante ist fort.

Bald wird die Sonne aufgehen. Der Himmel ist noch milchig. Aber es verspricht ein schöner Tag zu werden.

Anna greift nach dem Amulett an ihrer Brust. Das ist alles, was ihr geblieben ist. Sie setzt sich an den Tisch und beginnt zu weinen. Was soll nun bloß aus ihr werden? Was soll sie ohne ihre Tante machen? Sie fühlt sich unendlich einsam.

Anna ist schon ein paar Jahre bei dem Bauern. Kaum war ihre Tante fortgegangen, hat der Landammann sie abgeholt und zu ihm gebracht. Eines Morgens rüttelt die Hand des Bauern sie unsanft an der Schulter. »Anna, Zeit, aufzustehen. Oder willst du den ganzen Tag schlafen?«

Obwohl sie schon lange hier ist, bereitet ihr das frühe Aufstehen an gewissen Tagen immer noch Mühe. Tage wie heute. Sie hat das Gefühl, es sei mitten in der Nacht.

Sie muss dem Bauern helfen, die Kühe zu melken. Ein paar klapprige Rindviecher. Der Bauer geizt mit dem Futter. Schon ein paarmal ist die Knabenschaft in der Nacht in den Stall geschlichen und hat den Kühen ein Festfressen zukommen lassen.

Danach muss sie die Kinder wecken. Zwei Buben und ein Mädchen, alle drei etwas jünger als sie. Die Mutter ist gestorben, bevor Anna zum Bauern kam.

Sie kann sich noch gut daran erinnern. Der Bauer hat ihr damals nicht in die Augen geschaut, als sie der Landammann zu ihm gebracht hat und gesagt, dass sei nun seine neue Hilfe.

Ob sie denn kochen könne, wollte er wissen.

Anna hat den Kopf geschüttelt, der Bauer seine Augenbrauen in die Höhe gezogen.

»Aber die Anna lernt schnell«, hat der Landammann angefügt. »Deine Mutter kann ihr ja alles zeigen.«

»Ich weiß nicht, wie lange die noch bei uns ist. Die ist ziemlich schwach in letzter Zeit. Ich glaube, es geht bergab mit ihr.«

»Sie muss Anna ja nur anleiten, das wird schon irgendwie gehen.« Der Landammann sah Anna aufmunternd an.

Anna geht die steile Stiege hoch. »So, ihr Schlafmützen, Zeit, aufzustehen.«

Die drei schlafen auf demselben Lager. Einer der Knaben gähnt, das Mädchen reibt sich die Augen.

»Ist es denn schon wieder Morgen?«, fragt es und richtet sich auf.

»Ja, meine Kleine, komm, das Frühstück ist schon fast fertig.«

Anna geht nach unten, rührt in der Brühe mit Brotbrocken, die über dem Feuer hängt.

»Ist das Frühstück schon fertig? Ich habe Hunger«, sagt der Bauer schroff, nachdem er die Küche betreten hat.

»Gleich«, sagt Anna und füllt die Brühe in Schalen ab, stellt eine vor ihn hin.

»Und wo sind die Kinder?«

»Die kommen auch gleich.«

»Und vergiss nicht, der *tatta* noch etwas zu bringen. Und frag sie, ob sie sonst noch was brauche.«

Die alte Frau liegt in ihrer Kammer auf der Bettstatt. Hinter dem Kopf ein großes Kissen. Ihre Hände zittern, als sie die Schale entgegennimmt.

»Danke, liebe Anna, das riecht gut.« Sie nimmt den Löffel, führt ihn zum Mund. Doch es gelingt ihr nicht. Die Hälfte tropft herunter.

»Oh, das tut mir leid.«

»Das macht doch nichts. Komm, ich helfe dir.«

»Du bist ein liebes Kind. Ich verstehe nicht, dass er dich so viel arbeiten lässt.«

»Das ist schon in Ordnung. Dafür darf ich hier wohnen und essen.«

»Gibt er dir auch genug zu essen?«

»Mach dir keine Sorgen und iss deine Brühe, sonst wird sie noch kalt.«

»Ich werde nicht mehr lange hier sein. Bei euch.«

»Aber *tatta*, sag so etwas nicht.«

»Der Herrgott wird mich bald zu sich holen.«

Anna umarmt die alte Frau. Sie spürt, dass sie nicht mehr lange leben wird.

»Kannst du mir etwas versprechen?«, fragt Anna.

Die Alte sieht sie fragend an.

»Wenn du im Himmel bist, grüß bitte meine Mutter.«

Die *tatta* streicht Anna übers Haar. »Ja, das mache ich bestimmt. Aber jetzt muss ich etwas schlafen.« Sie gibt Anna die halbleere Schale zurück und lehnt sich ins Kissen.

»Ich werde dich vermissen«, sagt Anna so leise, dass es die Alte nicht hören kann.

Ein paar Jahre später, die *tatta* ist schon lange tot, erwacht Anna mitten in der Nacht. Ihr Bauch tut grässlich weh. Sie setzt sich auf. Da läuft etwas unten aus ihr heraus. Sie wischt es mit der Hand weg. Es ist dunkel und riecht nach Blut. Sie weiß nicht, was das bedeutet. Musste sie jetzt sterben?

Wenn nur die alte *tatta* noch leben würde. Die könnte sie jetzt fragen. Sie vermisst sie. Ihr einziger Lichtblick in diesem Haus. Anna versucht sich zu beruhigen und denkt nach. Das hat ihr doch vor Jahren einmal die Tante erklärt. Dass sie später zu bluten anfinge. Und dass sie aufpassen müsse, denn dann könne sie auch Kinder bekommen. Auch das mit dem Moos hat sie ihr gesagt.

Sie tritt leise aus dem Haus, der Mond scheint hell und wirft Schatten auf die Viehweide. Sie geht Richtung Wäldchen. Alles ist still. Nicht mal ein Käuzchen ist zu hören. Sie kennt eine Stelle, an der alles mit weichem Moos bedeckt ist. Das weiche Grün lässt sich ganz leicht vom Untergrund lösen. Hampfelweise stopft sie es in ihren Sack bis er halb voll ist. Das würde fürs erste genügen.

Wenn sie schon hier ist, kann sie auch gleich ein paar Farnblätter mitnehmen. Diese brauchen sie jeweils zum Abwischen, wenn sie ihre Notdurft verrichtet haben.

Der Bauer schaut ihr immer noch nicht in die Augen. Nach all den Jahren. Dafür blickt er auf ihren Körper, ihre Brüste, die sich langsam abzuzeichnen beginnen. Als ob er Maß nehmen müsste. Anna fühlt sich unwohl in seiner Gegenwart. Einmal erwischt er sie, als sie hinter dem Schopf das Moos auswechselt. Anstatt sich abzuwenden, schaut er lange hin. Von da an sucht er ihre Nähe. Sei es beim Melken, oder wenn sie mit bloßen Händen die Kartoffeln erntet. Immer steht er hinter ihr. Einmal packt er sie von hinten an den Hüften. Sie wehrt sich, doch er lässt nicht von ihr ab. Sie gibt ihm eine Ohrfeige. Er schlägt zurück.

»Wenn du noch hierbleiben willst, dann musst du schon etwas netter sein mit mir.«

Eines Nachts steigt er ihr hinterher in ihr Lager. Sie wehrt sich und schreit, bis die Kinder kommen und fragen, was hier los sei. Dann erst lässt er sie in Ruhe.

Am nächsten Tag spricht Anna mit dem Pfarrer. Er sagt, er werde mit ihrem Onkel sprechen. Vielleicht brauche der eine Schenkmagd. Schließlich habe er zurzeit niemanden, denn die alte Maria Madlena sei gestorben.

Nach ein paar Tagen kommt der Pfarrer wieder auf den Hof. Der Bauer schaut ihn misstrauisch an. Er gebe die Anna nicht her.

»Das hast wohl nicht du zu bestimmen«, meint der Pfarrer.

Auch die Kinder sind nicht begeistert. »Was sollen wir jetzt nur machen ohne dich?«

Der Onkel brauche Anna jetzt, darüber gebe es nichts zu verhandeln, meint der Pfarrer.

Der Onkel sei nicht gerade erfreut gewesen, erzählt der Pfarrer, als sie Richtung Ilanz gehen. Ihre ganze Habe trägt Anna in einem Bündel verschnürt auf dem Rücken. Er wolle keine so junge Magd in der Wirtsstube haben. Und schon gar keine Verwandte, die er nicht kenne. Der Pfarrer habe ihn fest überzeugen müssen, ja sogar mit dem Herrgott habe er argumentiert. Er sei halt ein bisschen ein seltsamer alter Mann, aber das werde schon gehen. Sie werde sehen.

Schlimmer als beim Bauern kann es nicht werden, denkt Anna, als sie durch das Untertor schreiten.

III.
DIE MAGD

KAPITEL 6

Und das hier ist meine Kammer. Hier hast du aber nichts zu tun. Hier hat nur Barbla Zutritt.« Dorothea von Planta hatte ihr das ganze Haus gezeigt. Vom Keller bis zum Dachboden. Es roch neu, nach Farbe und frischem Holz.

Beeindruckt hatte sie eine Stube im Erkerraum im zweiten Stock. Sie war zwar ziemlich dunkel, doch so etwas Schönes hatte sie noch nie gesehen. Die Schnitzereien waren sehr plastisch. Zur Unterteilung des Täfers dienten kleine gedrehte Säulen, die Füllungen waren mit reliefartigen Ranken umrahmt. In einer Fensternische gab es sogar ein Relief mit Hunden. Oberhalb der Türe thronte eine Fratze. Alles war reich verziert und aus verschiedenen Hölzern, sogar die Decke: Mittendrin prangte das Wappen der Familie Schmid von Grüneck.

Am meisten aber hatte Anna Catrina das Erdgeschoss interessiert. Hier entstanden die Stuckdecken und hier war Meister Hans bei der Arbeit. Er trug einen hellen Kittel und hatte Gipsreste im Gesicht und auf den Armen. Dorothea von Planta hatte ihn auffallend herzlich begrüßt. War etwas dran am Scherz, den sie mit Barbla gemacht hatte? Dass er und sie ...

Sie hatte noch nie ein so großes Haus gesehen. Alles war neu und weiß und groß. Es passte zur Hausherrin, die in ihrem hellblauen Kleid aus feiner Seide grazil durch die Räume glitt.

Auch die Küche war groß und hatte zwei Feuerstellen. Offenbar erwartete man hier immer viele Gäste. Anna Catrina kannte das meiste Personal. Alles Leute aus Ilanz und Umgebung.

Sie bewunderte Dorothea von Planta, wie ruhig und gelassen sie war, Befehle eher als Wunsch aussprach, aber trotzdem mit Nachdruck. Eine souveräne und starke Frau. Sie hatte Anna Catrina, als sie am Morgen gekommen war, von unten bis oben gemustert. Sie dachte schon, sie hätte einen Flecken auf ihrem Oberkleid. Doch verschämt musste sie feststellen, dass ihr das Amulett aus der Bluse hing. Schnell ließ sie es darunter verschwinden.

Als erstes hatte Anna Catrina die Treppe zu fegen, die von den Bauarbeiten ganz grau war. Als sie unten ankam, warf sie schnell einen Blick in den einen Stuckraum. Vor lauter Staunen blieb ihr der Mund offen. Ein Adler mit ausgestellten Schwingen blickte sie an, gleichzeitig furchterregend und wunderschön. Eine wohlgeformte und mit einem Tuch umhüllte Putte schien ihn am einen Flügel festzuhalten. Umringt waren sie von üppigen Ranken aus Blumen, Äpfeln und anderen Früchten, die Anna Catrina nicht kannte, die so echt und bildhaft aussahen, dass sie am liebsten nach ihnen gegriffen hätte.

»Gefällt es Euch?« Meister Hans stand auf einmal hinter ihr.

»Es ist wunderschön!«

»Das freut mich!«

»Wo habt Ihr nur die Ideen her?«

»Aus der Natur. Von Spaziergängen.«

»Ihr geht also oft spazieren?« Anna Catrina versuchte, möglichst harmlos zu klingen.

»Ihr könnt gerne mal mitkommen.« Er musste sie durchschaut haben.

»Anna Catrina, wenn du fertig bist, kannst du mit den Kindern nach draußen gehen. Die brauchen etwas frische Luft.« Dorothea von Planta war wie aus dem Nichts aufgetaucht.

»Ja, vielleicht«, flüsterte sie rasch Meister Hans zu.

»Warte, Cäcilia, nicht so schnell!« Anna Catrina lief dem Kind hinterher, das über die Wiese in Richtung Wald rannte.

Von ihrem älteren Bruder Ambrosius war nichts mehr zu sehen. Sie packte Cäcilia am Kragen und hielt sie zurück.

»Cäcilia, was soll das! Ihr könnt doch nicht einfach ausbüxen. Und wo ist dein Bruder?«

»Keine Ahnung. Sicher wieder auf einen Baum geklettert.«

»Auf einen Baum, um Himmels Willen.«

»Du musst dir keine Sorgen machen. Er ist ein guter Kletterer.«

»Aber doch nicht in seiner schönen Hose.« Anna Catrina sah sich schon Dorothea von Planta erklären zu müssen, wieso sie ihr den Sohn mit zerschlissenen Beinkleidern zurückbrachte.

Sie lief in den Wald und schaute an jedem Baum hoch.

»Hier ist er nicht!« Cäcilia sang beinahe. »Kalt, ka-halt!«

»Du sagst mir jetzt sofort, wo dein Bruder ist.«

»Was bekomme ich dafür?«

»Eine Ohrfeige, wenn du es nicht tust.«

»Das darfst du aber nicht.«

»Nun sag schon, bitte.«

»Du musst aber zuerst etwas sagen.«

»Und was?«

»Du magst den Meister Hans, oder?«

Anna Catrina schwieg.

»Ich sag's schon niemandem.«

»Das geht dich gar nichts an.«

»Dann stimmt es also?«

»Was stimmt?«

»Eben.«

»Ja, ich geb's ja zu. – Wo ist Ambrosius?«

»Siehst du dahinten die Eiche? Dort hab ich ihn hinaufsteigen sehen.«

»Ambrosius, komm sofort runter«, rief Anna Catrina den Baum hoch.

»Komm du doch rauf!«, rief es aus dem Geäst zurück.

»Ich zähle bis zehn, dann bist du unten.«

»Du kannst von mir aus bis hundert zählen, wenn du das überhaupt kannst.« Er balancierte freihändig einen Ast entlang.

»Ambrosius, komm runter, das ist nicht lustig.«

Er ging noch ein paar Schritte weiter hinaus. Es knackte.

»Ambrosius, du fällst runter!«, rief Cäcilia.

»Ihr seid aber auch schwächliche Weiber.« Er packte den Ast mit beiden Händen und ließ sich nach unten gleiten, schwang einmal vor und zurück und landete Anna Catrina vor den Füßen.

»Was hab ich gesagt? Ich fall nicht runter.«

»Hättest du aber können«, sagte Anna Catrina.

»Du hast doch keine Ahnung.«

»Sie mag übrigens den Meister Hans, falls du das noch nicht gemerkt hast«, sagte Cäcilia zu ihrem Bruder.

»Cäci, die Plaudertante.« Ambrosius grinste seine Schwester an.

»Sag mir nicht Cäci«, erwiderte sie.

»Cäci, Cäci, Cäci!«

»Cäci, Cäci, Cäci«, kam es einem Echo gleich hinter einem Baum hervor.

»Das kann nur einer sein!,« rief Ambrosius, sprang in ein paar Sätzen zum Baum, verschwand dahinter und kam mit einem kleinen blonden Jungen, den er am Genick gepackt hatte und der ein Holzschwert in der Hand trug, wieder hervor.

»Stoffel!«, rief Cäcilia.

»Ich heiße Christoffel und werde mal ein großer Feldherr.« Er machte sich los, schwang das Schwert durch die Luft und deutete mit der Spitze auf Ambrosius.

»Dass ich nicht lache«, sagte dieser. »Vetter Stoffel macht sich mal wieder wichtig!«

Anna Catrina kannte den Jungen. Er war der Sohn von Hans Jakob Schmid von Grüneck und der Anna Schorsch, die im Haus Obertor residierten. Sie schaute ihn lange an. Auch er wandte seinen Blick nicht ab. Unerschrocken.

Auf einmal sah sie ihn auf einem Pferd. Wie er in den Krieg zog. In einer ehernen Rüstung. Seine blonden Locken fielen ihm bis auf den Rücken.

»Anna, was ist los mit dir?«, Cäcilia rüttelte sie an der Schulter. Erst jetzt merkte Anna Catrina, dass sie sich hingekniet hatte. Schnell stand sie auf. »So Kinder, wir gehen nach Hause.«

War das wieder eine ihrer Visionen gewesen? Schon seit sie ein kleines Kind war, kannte sie diese Zustände. So hatte sie etwa den Tod von Peter vorausgesehen. Am Anfang dachte sie, es wäre normal, dass man Dinge voraussieht und dass das alle Menschen könnten. Als sie dann aber einmal mit anderen Kindern darüber sprach, merkte sie, dass sie gar nicht wussten, wovon sie redete. Sie hatten sie nur mit großen Augen angesehen. Danach hatte sie es niemandem mehr erzählt.

Die Visionen kamen ganz unregelmäßig. Aber immer trafen sie zu. Meist hatten sie etwas Beängstigendes. Meist sah sie den Tod voraus. Diese hier schien ausnahmsweise gut zu sein.

»Fangt mich doch!« Der kleine Christoffel war bereits wieder zwischen den Bäumen verschwunden. Ambrosius und Cäcilia rannten ihm hinterher.

»Ihr kommt sofort zurück!«, rief Anna Catrina ihnen nach, doch es schien sie nicht zu interessieren.

Was hatte sie sich da nur eingebrockt, dachte Anna Catrina. Statt mit Betrunkenen musste sie sich nun mit diesen beiden Goofen herumschlagen. Davon hatte ihr Barbla nichts erzählt. Aber immerhin war sie in der Nähe von Meister Hans. Und dies den ganzen Tag.

Die alte Frau vermisste die Berge. Am liebsten wäre sie auf einen Baum geklettert, um zu schauen, ob man sie von da oben sah. Oder auf einen Hügel gestiegen. Doch hier war alles flach. Schnell verlor man die Orientierung. Keine Berge, die einem Halt boten. Die einen umgaben wie eine schützende Mauer. Auf die man steigen konnte, um mehr Übersicht zu haben. Sie kam sich vor wie eine Maus. Flach auf dem Boden. Nur der Himmel, der war hier grösser. Bei schönem Wetter konnte sie sich nicht satt sehen an diesem vielen Blau.

Am Anfang war es noch schlimmer gewesen. Jede Nacht hatte sie sich verzehrt. Vom Rauschen des Flusses geträumt. Wie sie über die Holzbrücke ging. Ihre Hütte betrat, die zwar klein war, aber alles hatte, was sie brauchte.

Alles haben sie ihr genommen. Nur nicht ihren Stolz. Sie würde sich nun alles zurückholen. Oder zumindest etwas in Ordnung bringen. Das musste sie noch. Denn sie merkte, wie ihre Kräfte sie langsam verließen. Vielleicht werden sie ja Milde walten lassen.

Noch ein paar Tage und sie würde wieder dahin zurückkehren, woher sie gekommen war. Und niemand konnte sie daran hindern.

Dorothea von Planta lief nervös im Haus auf und ab. So hatte Anna Catrina sie noch nie gesehen. Ihre Souveränität war wie weggeblasen. Sie scheuchte alle im Haus herum, trieb jeden zur Eile an. Auch die Kinder wurden herumkommandiert. Nichts war recht. Nichts war richtig.

Sogar mit Meister Hans, dem sie gewöhnlich schmeichelte, war sie ungeduldig. Wann er denn endlich fertig sei, hörte Anna Catrina die Hausherrin fragen, als sie den Boden scheuerte. Alles musste glänzen. Erst als ihr Barbla erzählte, dass der Hausherr heute in die Casa Gronda kam, verstand sie die Aufregung.

Sie stieg die Steintreppe hinauf, um das Putzzeug in der Putzkammer zu verstauen. Cäcilia saß auf dem Treppenansatz. Ihre langen Arme hatte sie um die Beine geschlungen.

»Was machst du hier so alleine?«, fragte Anna Catrina.

»Weiß nicht.«

»Ist dir langweilig?«

Cäcilia nickte. »Können wir nicht zusammen nach draußen gehen? Einen Spaziergang machen?«

»Ich habe noch zu tun, tut mir leid. Aber am Nachmittag vielleicht?«

»In Ordnung.« Sie stand auf und hüpfte die Treppe hinauf.

»Sind die Böden endlich fertig?«, fragte Dorothea

von Planta, als Anna Catrina im oberen Stock angekommen war.

»Ja, alles fertig. Es glänzt wie …«

»Gut, dann hilf Brida in der Küche. Kannst du überhaupt kochen?«

»Bei meinem Onkel in der Gaststube habe ich immer …«

»Gut, worauf wartest du noch? Hopphopp.«

»Cäcilia wollte mit mir heute Nachmittag …«

»Cäcilia hat heute Nachmittag Unterricht.«

»Das wusste ich nicht.« Anna Catrina machte einen Knicks und eilte in die Küche.

Johann Anton Schmid von Grüneck freute sich, wieder nach Hause zu kommen. Die Verhandlungen in Trun waren recht anstrengend gewesen. Nicht alle waren offen für Neuerungen, hielten am Alten fest. Dies musste er als Landrichter des Grauen Bundes feststellen, hatte dieselbe Erfahrung aber bereits als Podestà in Tirano gemacht.

Eine Vereinheitlichung von Gemeindeangelegenheiten im Grauen Bund war gar ein Ding der Unmöglichkeit. Jede Gemeinde bestand auf ihre Autonomie. Manchmal fragte er sich, was den Bund eigentlich zusammenhielt, geschweige denn die drei Bünde. Am ehesten noch die gemeinsamen Untertanengebiete Bormio, Veltlin, Chiavenna, die es zu verwalten galt. Nicht einmal gegenüber der Eidgenossenschaft trat man vereint auf.

Umso erstaunlicher, dass man sich bezüglich Hintersäßen einig wurde: Keine Gerichtsgemeinde darf ohne Einwilligung der anderen Gemeinden einen neuen Bürger aufnehmen. Tut sie es dennoch, hat sie 1600 Gulden Buße zu entrichten. Das war auch recht so. Schließlich galt es das Erbe zu wahren und nicht an einige dahergelaufene *jasters* zu verschenken. Und wenn er ehrlich war, hatte er auch keine Lust, die einträglichen Ämter in den Untertanenlande an auswärtige Aristokratenfamilien zu vergeben.

Alsdann wurden die konfessionellen Streitigkeiten, die sich insgemein in der Gerichtsgemeinde Gruob manifestierten, einmal mehr aufs Tapet gebracht.

Bereits vor vierzehn Jahren wurde auf Druck der Drei Bünde ein Wiedervereinigungsprojekt erlassen mit dem Ziel, die linksrheinische katholische Minderheit und die rechtsrheinische protestantische Mehrheit gleichermaßen am Ämterturnus zu beteiligen. Dies ging ein paar Jahre gut, doch waren die Konflikte in letzter Zeit wieder aufgebrochen. Die linksrheinischen Gemeinden der Gruob ärgerten sich über die Doppelspurigkeiten bei den Feiertagen sowie über die verschiedenen Begräbnisbräuche.

Die Verhandlungen verliefen ergebnislos.

Doch das war Vergangenheit. Jetzt war er gespannt auf das Haus und was Dorothea daraus gemacht hatte. Ob sie wirklich seinen Anweisungen gefolgt war, oder wieder mal ihren eigenen Kopf durchgesetzt hatte. Eigentlich konnte er froh sein, dass sie ihm die Arbeit abnahm, wenn er unterwegs war. Doch manchmal agierte sie für seinen Geschmack etwas zu unabhängig.

Er betrat die Stadt über das Obertor, bog nach links ab und ritt an der St. Margarethen-Kirche vorbei zur Casa Gronda.

Er betrachtete den Treppenhausturm und stellte mit Genugtuung fest, dass er höher war als der allein stehende Turm mit dem Krüppelwalmdach der Kirche.

Vor dem Haus war niemand zu sehen. Ob sie ihn wohl gar nicht erwarteten? Auch kein Knecht, der das Pferd entgegennahm. Er stieg ab und band seinen Rappen fest. Dann klopfte er an die Türe. Kein Geräusch. Nichts. Niemand. Langsam machte er sich Sorgen. War etwas passiert?

Mit einem Schwung schob er den Riegel beiseite, stieß die Türe auf und glaubte kaum, was er sah.

Etwa zehn Personen standen im Gang und klatschten. Zuvorderst Dorothea mit den beiden Kindern.

Sie kam ihm entgegen und küsste ihn auf die Wange. »Herzlich Willkommen!«

»Ich bin sprachlos.« Er blickte sich im Gang um, besah die mit versenkbaren Balken verstärkte Holztür, das Gewölbe, die Truhe mit den Intarsien, die hier gut zur Geltung kam, die Türeinfassungen aus verziertem Stein. »Wie hast du das nur alles geschafft?«

Dorothea führte ihn in den ersten Gewölberaum. »Das hier ist schon fast fertig.«

Er betrachtete die zierlichen Frauengestalten, die die Decke auf ihren Händen zu tragen schienen. »Phantastisch! Genau so habe ich es mir vorstellt.«

»Es fehlt nur noch der Pavillon im Garten«, sagte Dorothea von Planta mit einer gewissen Melancholie.

»Wir wollen nichts überstürzen. Das hat noch Zeit. – Und wieso wusstest du, wann ich genau komme?«

Dorothea lächelte ihn an. »Weibliches Gespür.«

»So, so«, er schlang seinen Arm um ihre Taille.

»Nicht hier vor den Dienstboten«, flüsterte sie ihm zu.

Sie klatschte in die Hände. »So, wieder alle an ihre Arbeit. In einer halben Stunde erwarte ich das Mittagessen!«

Anna Catrina hatte Schmid von Grüneck anders in Erinnerung gehabt. Jünger und vielleicht etwas grösser. Es war lange her, seit sie ihn das letzte Mal gesehen hatte. Sie musste noch ein Kind gewesen sein. Er war ein stattlicher Mann mit dunklen Haaren und Bart. Seine Augen strahlten etwas Ruhiges aus. Gleichzeitig konnte sie darin ein leidenschaftliches Feuer erkennen. Er trug ein dunkles Wams mit Spitzenkragen und bauschigen Ärmeln mit Spitzenmanschetten. Dazu einen Hut mit breiter Krempe und einem Fuchsschwanz. Die enge Hose reichte bis über die Knie und war ebenfalls an den Beinenden mit Spitzenmanschetten versehen. Bezüglich Eleganz stand er Dorothea von Planta in keiner Weise nach. Sie führte ihn durch den Gang, als ob sie ihn zum Tanz aufbieten würde.

Nach ein paar Minuten war das ganze Spektakel vorbei. Doch Anna Catrina würde sicher noch Gelegenheit haben, die beiden zu beobachten.

Cäcilia saß auf einem Stuhl und ließ die Beine baumeln. »Wie lange dauert das hier denn noch?«

Anna Catrina schaute in den Ofen. Brida hatte ihr eingebläut, das Huhn ja nicht anbrennen zu lassen.

Als ob sie noch nie ein Huhn gebraten hätte.

»Jetzt ist es dann gleich soweit. Aber was machst du überhaupt noch hier? Fort mit dir ins Esszimmer! Möchtest du denn nicht bei deinem Vater sein?«

»Der interessiert sich doch nur für Ambrosius. Ambrosius hier und Ambrosius da. Und dann reden sie bestimmt wieder über Dinge, die ich nicht verstehe. Das ist so langweilig. Ich möchte lieber hier bei dir in der Küche bleiben. Und mit euch essen. Das ist viel lustiger.«

Anna Catrina war aufgefallen, wie von Grüneck seinen Sohn herzlich begrüßte. Für seine Tochter schien er sich nicht groß zu interessieren.

Und bald wird da noch ein Sohn sein.

Anna Catrina wusste nicht, woher der Gedanke gekommen war. Aber er war so laut und deutlich, als ob sie ihn ausgesprochen hätte. Sie blickte Cäcilia an, doch die schien nichts gehört zu haben.

»Du gehst jetzt ins Esszimmer, sonst werde ich schimpfen.«

»Wirst du nicht.«

»Doch, das werde ich.« Sie ging auf Cäcilia zu, diese machte einen Satz und prallte rückwärts in die Köchin, die soeben die Küche betreten hatte.

»Was ist denn hier los? – Ist das Huhn schon fertig?«

Anna Catrina nahm ein Tuch, zog die Schale aus dem Ofen und schöpfte mit einer Kelle Saft über das Fleisch. »Sieht gut aus.«

»Lass mich mal sehen!« Die Köchin drängte Anna Catrina zur Seite.

»Gut, du kannst servieren.«

Anna Catrina und Cäcilia verließen die Stadt durch das Obertor und gingen den Berg hoch Richtung Sogn Martin. Der Weg führte zuerst über eine Wiese, dann ging es durch ein Wäldchen den Berg hoch. Der Katechismusunterricht war ausgefallen, der Pfarrer fühlte sich nicht wohl.

Cäcilia stöhnte. »Wie weit geht es denn noch?«

Sie hatten eine kleine Lichtung erreicht.

»Es ist nicht mehr weit.«

»Ich kann nicht mehr.«

»Also gut, setzen wir uns da in die Wiese«, lenkte Anna Catrina ein.

»Wenn ich einmal groß bin, werde ich wie mein Vater«, sagte Cäcilia unvermittelt.

»Wie meinst du das?«, fragte Anna Catrina.

»Ihm hören die Leute immer zu, wenn er etwas sagt. Nehmen ihn ernst. Mir hört nie jemand zu.«

»Das stimmt doch gar nicht. Ich höre dir zu.« Anna Catrina legte den Arm um ihre Schultern und zog sie zu sich.

Cäcilia legte ihr den Kopf auf die Brust. »Du bist eine Ausnahme. Dir kann ich alles erzählen. Und es interessiert dich auch wirklich, wie es mir geht. Nicht wie meine Mutter, die immer nur …«

»Und was möchtest du mir erzählen?« Anna Catrina strich ihr über den Kopf.

»Du magst doch Meister Hans oder?« Cäcilia schielte nach oben.

»Ja, klar.« Anna Catrina war sich nicht sicher, was genau sie für Meister Hans empfand. Ob die Angst vor Nähe grösser war als die Anziehung.

»Ich mag auch jemanden.«

»*Veramein?* Und wen?«

»*In buob*. Er wohnt in der Casa Carniec.«

»Du meinst Pieder, den Sohn von Ulrich Schmid von Grüneck?«

»*Gie!*«

»Und?«

»Was und?«

»Ist er nett?«

»Er hat mir etwas geschenkt. Willst du es sehen?« Ohne eine Antwort abzuwarten kramte Cäcilia aus der Tasche ihres Rockes eine Brosche hervor.

»Die ist aber schön. Darf ich sie mal anschauen?«

»Ja, aber vorsichtig.«

Anna Catrina nahm die Brosche in die Hand, fuhr mit dem Finger über den eingelassenen türkisen Stein. Sie musste sehr wertvoll sein.

»Und woher hat er die?«

»Die hat er mal von seiner Tante Maria bekommen, hat er gesagt. Sie sei für das Weib, das er liebt.«

»So, so. Aber das dauert schon noch eine Weile.«

»Was?«

»Das mit dem Weib. Du bist doch erst acht.«

»Wie wird man denn ein Weib?«

»Das ist nicht schwierig. Das passiert einfach.«

»Meinst du, es geht noch lange?«

»Ein paar Jahre schon.«

»Ob Pieder bis dann wartet?«

»Wenn er dich wirklich lieb hat, dann sicher.«

Sie gab Cäcilia die Brosche wieder zurück. Schnell steckte diese sie wieder in die Tasche ihres Rocks zurück.

KAPITEL 7

Sie hatten verabredet, sich nach der Kirche zu treffen. Beim großen Nussbaum. Anna Catrina war so nervös gewesen, dass sie kein Wort davon mitbekommen hatte, was der Pfarrer gesagt hatte. Nicht mal die Blumenranken hatte sie angesehen. Es war eine Mischung aus Nervosität, Vorfreude und Angst.

Angst, die sie immer wieder zu verdrängen versuchte. Sie wollte nicht, dass sie von ihr Besitz ergriff. Was damals in diesem Schopf geschehen war, das gehörte dahin und sollte auch dort bleiben, sie versuchte, es nicht in ihr Leben zu lassen.

Seit ein paar Tagen hatten auch die Träume aufgehört. Die Träume, die nach abgestandenem Wein rochen. Und nach fremdem Schweiß. Sie schob die Gedanken an jene Nacht beiseite, stellte sie sich wie eine Wolke vor, die vom Föhn weggetrieben wurde. Sich langsam auflöste.

Als sie aus der Kirche trat, hielt sie inne. Wie wäre es, wenn sie einfach nicht hingehen würde? Sie könnte nach Hause gehen, ihrem Onkel bei verschiedenen Verrichtungen helfen. In einer Gaststätte gab es immer etwas zu tun. Er würde froh sein darüber.

»Was stehst du hier denn so herum wie festgewachsen?« Clau stand plötzlich vor ihr. Er hatte eine Margerite zwischen den Zähnen. »Soll ich dich nach Hause begleiten?« Er legte den Arm um sie.

Rasch sah sie sich um und hoffte, dass Meister Hans bereits beim Nussbaum oben war und sie nicht sah. Sie schüttelte seinen Arm ab.

»Nein, ich habe noch zu tun.«

»Was hast du denn zu tun? Kann ich mitkommen?«

»Das ist leider gerade sehr schlecht. Ich muss für meinen Onkel …« Sie suchte nach einer Erklärung. »Ich muss noch etwas besorgen.«

»Du bist vielleicht seltsam heute.«

Ein Paar kam mit dem Pfarrer aus der Kirche. Anna Catrina lächelte ihnen entgegen.

»Anna, bist du immer noch da? Willst du mich etwa auch noch sprechen?«, fragte der Pfarrer.

»Nein, nein, ich rede hier nur mit Clau.«

»Bist du sicher, Anna, dass dich nichts bedrückt?« Er kam auf die beiden zu. »Du schienst mir so abwesend in letzter Zeit.«

»*Na, tut in uorden*, alles in Ordnung.« Schnell lief sie den Berg hinauf.

Es war ein wunderschöner Spaziergang gewesen. Sie waren über Sogn Martin und Quadras bis nach Luven gewandert. Die Sonne schien und die Vögel zwitscherten. Meister Hans hatte ihr von Chur erzählt. Von den vielen Gassen, den Kirchen und dem bischöflichen Schloss. Es musste eine schöne Stadt sein, um einiges grösser als Ilanz. Sie müsse ihn unbedingt mal besuchen, wenn er wieder dort sei.

Beim Gedanken, dass Meister Hans in ein paar Tagen die Arbeit beendet hatte, bildete sich ein Klumpen in ihrer Magengegend.

»Ihr geht also bald wieder fort?«

»Es sieht nicht so aus, als wenn es in Ilanz noch etwas zu tun gäbe.«

»Aber Ihr könntet doch einfach noch ein bisschen länger hierbleiben.«

»In Chur ruft die Arbeit, tut mir leid.«

Er wandte sich ihr zu, strich eine Strähne, die unter der Haube hervorlugte, beiseite. Ihr erster Reflex war, zurückzuzucken. Doch sie unterdrückte ihn, ließ sich nichts anmerken.

Sie setzten sich auf eine Mauer. Er griff nach ihrer Hand, küsste sie. Anna Catrina ließ ihn gewähren, obwohl sich alles in ihrem Körper sträubte. Sie wollte nicht an Balzer denken und gerade deshalb verkeilte sich der Gedanke an ihn in ihrem Kopf. Jene Nacht vor zwei Wochen schlug ihr mit solch einer Wucht entgegen, dass sie aufsprang.

»Aber was ist denn mit Euch?«, fragte Meister Hans. »Ich wollte Euch nicht erschrecken.«

»Das habt Ihr auch nicht. Es ist nur …« Sie verstummte.

»Mögt Ihr mich denn nicht?

»Doch. Aber da ist etwas, ich kann es Euch nicht erklären.«

»Ihr habt einen anderen.« Er stand ebenfalls auf.

»*Na!*«

»Und wer war das vorher vor der Kirche? Diese bleichgesichtige Bohnenstange?«

Meister Hans musste sie gesehen haben. »Das war niemand. Ich meine, das war Clau. Wir sind zusammen aufgewachsen. Er ist für mich wie ein Bruder.«

»So hat es aber nicht ausgesehen.«

»Aber es ist so.«

»Was ist dann das Problem? Wieso darf ich Euch nicht nahe sein.«

Anna Catrina war hin- und hergerissen. Sie konnte Meister Hans nichts von dem Überfall erzählen. Er würde sie verstoßen. Aber etwas musste sie ihm sagen. Irgendetwas.

»Ich bin eine einfache Magd. Eine Hintersäße, die nichts zu sagen hat. Und Ihr seid ein angesehener Handwerksmeister.«

Er schüttelte den Kopf. »Was kümmern mich die Konventionen. Das ist doch nur eine Ausrede. Ich glaube Euch nicht.« Er machte sich auf, zu gehen.

»Bitte bleibt hier«, sagte Anna Catrina leise. So leise, dass er es nicht hören konnte.

Am nächsten Tag beachtete Meister Hans Anna Catrina kaum. Am Morgen hatte er sie mit einem kurz angebundenen ›*bien di*‹ begrüßt. Doch je mehr er sich von ihr abwandte, desto mehr fühlte sie sich zu ihm hingezogen.

Sie musste ihre Angst überwinden.

War es nicht das, was sie eigentlich wollte – eine eigene Familie?

Seit sie bei den Schmid von Grünecks arbeitete, hatte sie täglich vor Augen, was es hieß, eine Familie zu sein. Eine Familie, die zusammenhielt. Und es gab ihr jedes Mal einen kleinen Stich ins Herz, wenn sie das Essen servierte und sah, in welcher Eintracht sie zusammensaßen. Sie musste immer an ihre tote Mutter und an ihre Tante denken, die verbannt worden war. Und an ihren unauffindbaren Vater.

Sie musste Meister Hans um Verzeihung bitten. Und sich etwas zusammenreißen.

»Anna Catrina!« Dorothea von Plantas Stimme aus dem oberen Stock riss sie aus ihren Gedanken.

»Kommst du mal?«

Schnell eilte sie die Treppe hinauf.

Dorothea von Planta stand mit ihrer Base und Nachbarin Barbara von Montalta von der Casa Carniec, im Gang.

»Hast du beim Putzen eine Brosche gefunden? Barbara von Montalta vermisst ihre Brosche, ein Erbstück. Sie glaubt, sie bei ihrem letzten Besuch hier verloren zu haben.«

»Wie sieht sie denn aus?«, fragte Anna Catrina.

»Das spielt doch keine Rolle. Hast du etwas gefunden oder nicht?« Sie hob die Augenbrauen und schaute Barbara von Montalta seufzend an. »Man könnte meinen, in unserem Haus gäbe es laufend irgendwelche Broschen zu finden.«

»Ich habe nichts gefunden«, sagte Anna Catrina und dachte an die Brosche, die Cäcilia von Pieder erhalten hatte. Sie musste unbedingt mit Cäcilia reden.

Die Sonne stand hoch am Himmel. Ein leuchtender Ball. Brannte durch die Haut bis auf die Knochen. Die Alte hatte sich verlaufen.

Es müsste schon längst ein Bach kommen.

Das hatte ihr der Bauer erklärt. Wieso sie denn so allein unterwegs sei, hatte er sie gefragt und es tönte beinahe etwas besorgt. Sie gehe ihre Tochter besuchen, die im Kindbett liege, hatte sie darauf geantwortet. Den wirklichen Grund konnte sie nicht sagen, er hätte sich angewidert von ihr abgewandt.

Sie stützte die Hände in die Seiten, wie um sich selber aufrecht zu halten. Doch es nützte nichts. Sie fiel der Länge nach hin. Vielleicht war sie über einen Stein gestolpert, vielleicht einfach aus Erschöpfung hingefallen.

Es war nicht das erste Mal. Ihr Kleid war von Erd- und Wiesenspuren schon ganz gefleckt. Hinten war es zerrissen. Sie war an einem Strauch hängen geblieben. Ob gestern oder vorgestern, sie wusste es nicht mehr. Auch wann sie das letzte Mal etwas gegessen hatte. Doch jetzt hatte sie nur Durst. Sie hörte ein Rauschen.

War es nur in ihren Ohren oder kam es wirklich von da drüben?

Mit letzter Kraft rappelte sie sich auf. Ging auf allen vieren vorwärts. Das Rauschen wurde lauter. Jetzt konnte sie den Bach sehen. Wie das Wasser weiß über die Steine sprudelte. Sie legte sich auf den Bauch, schöpfte mit hohlen Händen Wasser zum Mund, trank gierig. Dann blieb sie liegen. Erschöpft.

Als Meister Hans am nächsten Tag mit kurzem Gruß an ihr vorbeigehen wollte, packte ihn Anna Catrina am Ärmel. Erstaunt drehte er sich zu ihr um.

»Meister Hans, es tut mir leid.«

Er sah sie an. Wartete.

»Wegen neulich. Ich habe mich dumm verhalten. Das soll nicht wieder vorkommen.«

»Und was ist mit Clau?«

»Er ist wirklich nur wie ein Bruder für mich.«

»Und Ihr für ihn?«

Anna Catrina schaute ihn lange an. Sie überlegte. »Ich denke, wie eine Schwester.«

»Ihr denkt?«

»Nein, ich bin mir sicher«, verbesserte sie sich.

Seine Züge wurden weicher. Er lächelte sie an.

»Wollen wir uns am Sonntag treffen?«, fragte sie und bereute sogleich so forsch gewesen zu sein.

»Wie letztes Mal nach der Kirche?«, fragte Meister Hans.

Sie nickte erleichtert und ging die Treppe hoch.

Als Anna Catrina eintrat, lag Cäcilia auf dem Bett und starrte an die Decke.

»Ich muss mit dir reden«, sagte Anna Catrina und setzte sich auf die Kante der wuchtigen Bettstatt.

»Ich bin ganz Ohr.« Cäcilia setzte sich auf.

»Du hast mir doch neulich diese Brosche gezeigt. Hast du sie noch?«

Cäcilia beugte sich zur Seite und kramte einen Beutel unter dem Bett hervor. »Hier ist sie.«

»Wo genau hast du sie her?«

»Das hab ich dir doch schon erzählt. Pieder hat sie mir gegeben.«

»Und woher hat er sie?«

»Von seiner Tante geschenkt bekommen.« Cäcilia schnitt eine Grimasse.

»Ich glaube dir nicht.«

»Dann lässt du es eben. Du bist ja nur eifersüchtig. Dass dir Meister Hans noch keine …«

»Die Brosche gehört Barbara von Montalta, seiner Mutter.«

»So ein Blödsinn.«

»Du musst sie ihr zurückgeben.«

»Du lügst! Du willst nur nicht, dass ich …«

»Komm, gib schon her. Das ist nicht recht.« Anna Catrina griff nach dem Beutel.

Cäcilia zog ihn ruckartig zurück und schob ihn unter ihren Hintern. »Die bekommst du nie.«

»Ich muss es deiner Mutter sagen, wenn du sie nicht herausgibst.«

»Du bist gar keine richtige Freundin. Und nicht besser als meine Eltern.«

»Komm, gib mir die Brosche und dann ist alles in Ordnung. Ich sage, ich hätte sie gefunden. Ich werde euch nicht verraten.«

»Aber ich habe sie doch von Pieder bekommen.« Tränen der Wut liefen ihr übers Gesicht.

»Gut, dann gibst du sie selber zurück.« Anna Catrina stand auf und verließ das Zimmer.

»Anna Catrina, kommst du mal?« Sie war beim Gemüseputzen für das Abendessen. Dorothea von Planta stand unter der Türe. Anna Catrina wischte sich die Hände an der Schürze ab.

Sie gingen den Gang entlang. Barbla kam gerade aus dem Zimmer von Dorothea von Planta. Sie sah Anna Catrina an und hob die Augenbrauen.

Was das wohl heißen mochte?

Dorothea führte Anna Catrina in ihr Zimmer. Sie war vorher noch nie hier gewesen. Der ganze Raum war mit hellblauen Stofftapeten ausgeschlagen. An der einen Seite stand ein großer, dunkler Spiegelschrank, auf der anderen ein Kabinettschrank mit zahlreichen Schubladen und Einlegearbeiten aus kostbarem Holz und Elfenbein. Doch das Erstaunlichste war das große Bett mit den vielen Kissen und dem hellblauen Baldachin. An den Wänden hingen Gemälde und Porträts von Personen, die Anna Catrina nicht kannte. An der Decke thronte ein Kristalllüster.

Die Hausherrin setzte sich auf einen gepolsterten Stuhl, der an einem Tischchen stand. Anna Catrina bot sie keine Sitzgelegenheit an. »Die Brosche ist wieder zum Vorschein gekommen.«

»*Dieus seigi ludaus!* Gott sei Dank!«, sagte Anna Catrina.

Offenbar hatte Cäcilia Vernunft angenommen und die Brosche wieder zurückgegeben.

»Wo ist sie gewesen?«, fragte sie.

»Das ist ja das Komische. – Cäcilia hat sie mir gebracht.«

Das war mutig von der Kleinen, dachte Anna Catrina. Anstatt sie irgendwo hinzulegen, wo sie jemand findet, hat sie sie persönlich übergeben.

»Wo hat sie sie denn gefunden?«

»Das solltest du doch am Besten wissen.«

Offenbar hatte Cäcilia ihr alles erzählt.

»Ich habe versprochen, Euch nichts zu sagen.«

»Was nicht zu sagen?«

»Aber hat sie das denn nicht erzählt? Sie hat die Brosche von Pieder erhalten.«

»Und jetzt lügst du auch noch?«

»Das ist die Wahrheit.«

»Nur weil sie ein Kind ist, musst du nicht Geschichten erfinden.«

»Das ist keine Geschichte.«

»Doch. Du hast ihr die Brosche gegeben.«

»Das ist nicht wahr. Sie hat sie von Pieder.«

»Ich möchte jetzt nichts mehr hören. Und dich auch nicht mehr sehen. Geh nach Hause. Ich muss überlegen, was ich mit dir mache.«

Weinend rannte Anna Catrina die Treppe hinunter, stieß unten mit Meister Hans zusammen. Er hielt sie fest. Etwas zu lange. »Was ist denn passiert?«

»Ach, nichts.«

Sie wischte die Tränen aus dem Gesicht.

»Nun sagt schon.«

»Die Welt ist manchmal so ungerecht, dass man es schlicht nicht erträgt.«

»Dorothea von Planta?«

Anna Catrina nickte.

»Sie kann manchmal ziemlich hart sein. Aber sie meint es nicht so.«

»Woher wisst Ihr das?«

»Ich arbeite auch hier.« Er nahm sie in den Arm und drückte sie an sich.

Sie ging nicht nach Hause. Stattdessen überquerte Anna Catrina die Holzbrücke, die über dem Rhein hing, nach Sontga Clau, das aus ein paar Steinhäusern bestand, vorbei an der Casa Nera, einem stattlichen Holzhaus mit von der Sonne geschwärzten Balken. Dann lief sie den Berg hoch. Weiter oben setzte sie sich auf einen Stein und schaute hinunter aufs Städtchen. Wie es friedlich in der Grube lag. Von hier oben sah alles so klein und niedlich aus. Die Stadtmauer mit dem Rheintor, daneben die Casa Grischa mit dem Zwiebeltürmchen, der Turm der Kirche St. Margarethen und der Treppenhausturm der Casa Gronda.

Was ihre Herrin wohl im Sinn hatte? Würde sie sie anzeigen? Des Diebstahls anklagen? Und was hieß das? Sie würde mit Schimpf und Schande davongejagt, auf Diebstahl stand, so viel sie wusste, Pranger oder sogar noch schlimmer, Kerker oder Verbannung.

Weiter oben lag die Kirche Sogn Martin. Sie dachte an den Spaziergang mit Meister Hans, und was er wohl von einer hielt, die des Diebstahls verdächtigt wurde.

Hier oben war sie auch oft als Kind, wenn sie Sorgen hatte oder sich einsam fühlte. Vielleicht in der Hoffnung, dass sich nicht nur die Welt, sondern auch die Ängste verkleinerten.

Sollte sie nicht lieber weggehen? Einfach alles zurücklassen? Was hatte sie denn schon zu verlieren?

Doch was weggehen hieß, wusste sie von ihrer Tante. Sie durfte nichts mitnehmen, als sie verbannt wurde. Der Säckelmeister hatte alles eingezogen. Die Hütte, die Hühner. Sie hatte nur gerade das, was sie am Leib trug.

Der Hexerei hatte man sie bezichtigt. Und sie einfach davongejagt. Mit Schimpf und Schande.

Wie es ihr wohl ging? Hatte sie ein anderes Zuhause gefunden, ja vielleicht eine Familie gegründet oder war sie auf Wanderschaft, heimatlos, ziellos?

Anna Catrina sah, wie ein Fuhrwerk durchs Rheintor holperte. Es hatte große Fässer geladen, die beinahe vom Wagen kippten.

KAPITEL 8

Es war schon hell, als Anna Catrina erwachte. Ein Vogel zwitscherte laut und unablässig. Als ob er sich über etwas beschwerte. Sie strich die Haare aus dem Gesicht, blickte sich um, sah Tannenäste über ihrem Kopf. Sie richtete sich auf. Der Rücken tat ihr weh, da musste ein Stein direkt unter ihrer Schulter gelegen haben. Sie strich mit der Hand über das feuchte Gras und benetzte das Gesicht.

Sie hatte geträumt. Immer wieder sah sie den Scharfrichter vor sich. Wie er das Schwert zwischen die Knie geklemmt hatte und es schliff, wie er prüfend mit dem Finger über die spitze Kante fuhr.

Doch sie hatte keine Lust wegzulaufen. Sie würde sich stellen, schließlich hatte sie nichts Unrechtes getan. Sie stand auf und machte sich an den Abstieg Richtung Ilanz.

Als sie die Casa Gronda durch den Hintereingang betrat, war es seltsam still. Keine Kinder, die die Treppe hinauf und hinunter rannten. Kein Geklapper aus der Küche. Sie stieg die Stufen in den oberen

Stock hoch. Auch hier war niemand. Dann ging sie in den zweiten Stock.

Barbla kam ihr entgegen. »Was machst du denn hier?«

Anna Catrina schaute sie verwundert an. »Wo sind nur alle?«

»Die sind im Gericht und da solltest du schleunigst auch hingehen. Hat man dich nicht abgeholt?«

»Nein.« Anna Catrina überlegte. »Ich war gar nicht zu Hause.«

»Komm, ich begleite dich.« Sie nahm Anna Catrina am Arm und führte sie die Treppe hinunter.

»Wieso geht das so schnell?« Anna Catrina spürte, wie ihre Knie bei jedem Schritt etwas mehr nachgaben.

»Keine Ahnung. Vielleicht haben die von Grünecks Druck gemacht. Du weißt ja, da wird nicht mit den gleichen Ellen gemessen. Wenn die Herrschaften bestohlen werden, ist das etwas anderes als bei unsereiner, dem gewöhnlichen Volk. Dabei stammt das ›von Grüneck‹ von einer verlotterten Burg.«

Anna Catrina hatte es auch schon gehört. Sie wusste nicht mehr, wo. Vielleicht hatte ihr Onkel davon erzählt. Die Familie Schmid wurde vor vielen Jahren von Kaiser Karl V. in den Adel erhoben und durfte sich künftig »von Grüneck« nennen, benannt nach der gleichnamigen Burg. Bei dieser handelte es sich aber schon damals um eine Ruine.

Sie war erstaunt. Sie hatte ihre Freundin noch nie so über ihre Arbeitgeber sprechen gehört. Die Ungerechtigkeit, die Anna Catrina widerfahren war, musste Barbla schwer getroffen haben.

Barbla führte sie über die Straße, am Klosterhof vorbei Richtung Gerichtsgebäude. Auf einmal packte jemand Anna Catrina von hinten am Arm und riss sie unsanft zurück.

»Hier bist du! Läufst herum wie eine streunende Katze! Nun aber Abmarsch. Jetzt geht es vor den Richter.« Der Weibel, der hinter ihnen aufgetaucht war, zog Anna Catrina so stark, dass sie stolperte und beinahe hingefallen wäre.

Sie versuchte, ihn abzuwehren. »Ich komm ja schon. Du musst nicht so grob sein.«

Der Weibel zerrte sie weiter, als habe er nichts gehört. Vor dem Gerichtgebäude gab er ihr einen so starken Stoß, dass sie die Treppe hinaufflog.

»Nun aber vorwärts!« Er zog sie wieder in die Höhe und stieß sie durch eine Tür.

Sie kannte den Raum. Hier war sie vor vielen Jahren gewesen. Zusammen mit ihrer Tante. In der Mitte stand immer noch der robuste Holztisch mit den schräg abgewinkelten Beinen. Darum herum massive Stühle mit hohen Rückenlehnen. Ganz hinten am Tisch saß der Landammann mit dem Säckelmeister und ein paar Geschworenen, daneben der Schreiber. Der Landammann nickte Anna Catrina zu. Die anderen verzogen keine Miene. Dorothea von Planta saß an der Längsseite des Tisches neben Cäcilia.

Niemand hieß Anna Catrina, sich zu setzen. Sie stand da, der Raum um sie herum kam ihr riesig vor. Sie drohte sich darin zu verlieren, verflocht die Hände ineinander wie zum Gebet.

Per l'amur da Diu, um Gottes willen, dachte sie. Es wird wohl nicht so schlimm werden, sonst hätten sie mich gleich in den Kerker gesteckt.

»Anna Catrina, gegen dich wird ein schwerer Vorwurf erhoben«, nahm der Landammann das Wort auf.

Er schaute Dorothea von Planta an. Sie nickte.

»Du sollst eine Brosche böswillig entwendet haben«, fuhr er fort. »Und hast sie auch nach mehrmaligem Nachfragen nicht zurückgegeben. Wir haben hier zwei Zeugen, die das bestätigen.«

Dorothea nickte wieder. Cäcilia starrte vor sich auf die Tischplatte.

»Eigentlich wollten wir die Befragung an einem anderen Ort durchführen, wo wir auch die nötigen Mittel dazu hätten. Aber in Anbetracht dessen, dass es sich bei der einen Zeugin um ein Kind handelt, haben wir davon abgesehen. Vorerst.«

»Hast du etwas zu deiner Verteidigung vorzubringen?«

»Ich war es nicht«, sagte Anna Catrina.

»Was warst du nicht?«, fragte der Säckelmeister.

»Ich habe die Brosche nicht gestohlen.«

Der Schreiber notierte etwas.

»Und was sagen die Zeugen? Hat jemand gesehen, wie sie die Brosche entwendet hat?«

Für eine Weile war es still. Dorothea von Planta schaute Cäcilia an, die immer noch auf die Tischplatte starrte. Dann fuhr sie ihr über den Kopf. Anna Catrina hatte zuvor noch nie gesehen, dass sie ihrer Tochter eine ähnliche Zärtlichkeit entgegengebracht hatte.

»Cäcilia hat beobachtet, wie Anna die Brosche aufgehoben und in ihr Kleid gesteckt hat«, sagte Dorothea von Planta.

Anna Catrina versuchte, mit Cäcilia Blickkontakt aufzunehmen, doch das Mädchen starrte immer noch vor sich hin. Sie konnte sich nicht erklären, wieso ihr Cäcilia so in den Rücken fiel. Schließlich war sie die einzige, die sich um sie kümmerte, ihr zuhörte, sie ernst nahm. Aber vielleicht wollte sie einfach nicht wahrhaben, dass Pieder die Brosche gestohlen hatte.

Sie spürte, wie ihre Knie leicht zu zittern begannen.

»Gibt es einen Grund, wieso das Kind lügen sollte?«, fragte der Landammann.

Dorothea von Planta strich ihrer Tochter eine Strähne hinters Ohr. »Nein, den gibt es nicht. Cäcilia hat noch nie gelogen.«

Anna Catrina merkte, wie die Wut allmählich die

Angst verdrängte. Die hatte wirklich keine Ahnung von ihrem Kind. Das Mädchen war dafür bekannt, dass es allerhand Schabernack trieb und von Dingen berichtete, die nicht existierten. Dass dies die Mutter nicht wusste, erstaunte sie kaum. Schließlich kümmerte sie sich mehr um ihren Sohn als um ihre Tochter.

Anna Catrina wollte gerade etwas sagen, doch der Säckelmeister hieß sie zu schweigen. »Der Fall scheint klar zu sein. Hast du noch etwas vorzubringen? Und bevor du antwortest: Wenn wir den Fall hier nicht klären können, werden wir ihn anderswo weiterführen, wo wir über bessere Methoden der Wahrheitsfindung verfügen.«

Ich war es nicht. Cäcilia hat die Brosche von einem Freund bekommen, wollte sie gerade sagen, doch in diesem Augenblick sah die Kleine Anna Catrina flehend an. Sie hatte Tränen in den Augen. Bitte verzeih, schienen ihre Lippen zu formen.

»Ich habe die Brosche genommen und es tut mir leid«, sagte Anna Catrina mit ruhiger Stimme. Der Schreiber notierte eifrig.

Die Geschworenen flüsterten einander etwas zu. Sie schienen sich nicht ganz einig zu sein. Der Landammann redete auf sie ein.

»In Anbetracht dessen, dass du geständig bist, werden wir Milde walten lassen. Du bekommst einen Tag Pranger«, verkündete der Landammann.

Anna Catrina schaute zuerst den Landammann an, dann Dorothea von Planta. Diese starrte ausdrucklos vor sich hin.

Pranger von Sonnenaufgang bis Sonnenuntergang, lautete das Verdikt. Das Schlimme war die Schmach. Vor dem Gerichtsgebäude zu stehen und von allen angeglotzt zu werden, oder gar angespuckt, wie es ab und zu vorkam. Immerhin stand sie nur als Diebin hier und nicht als Ehebrecherin. So hatte sie nicht auch noch die Frauen gegen sich.

Es war ein heißer Sommertag. Die Sonne brannte herunter, seit das Nachbarshaus keine Schatten mehr warf. Anna Catrina hatte Durst. Gegen Mittag, als sie es beinahe nicht mehr aushielt, brachte ihr Barbla etwas Wasser vorbei.

Mit der Zeit wusste sie fast nicht mehr, wie sie stehen sollte. Der Rücken schmerzte und der Weibel hatte ihre Hände hinter dem Rücken so eng zusammengezurrt, dass der Strick in die Haut schnitt. Ihre Handgelenke waren schon ganz wund.

Es schien sich niemand wirklich für sie zu interessieren. Die meisten gingen geschäftig an ihr vorbei, zogen Karren oder trieben Schweine durch die Gassen. Frauen mit Körben voller Eier und Gemüse waren auf dem Weg zum Markt. Ein Schmied, der nebenbei noch eine Kuh hatte, trieb diese durch die Stadt, um sie auf die Weide zu bringen.

Ein paar sahen sie mitleidig an. Andere schauten böse. Niemand blieb stehen. Nur die Kinder, die kamen immer wieder. In Gruppen. Schimpften sie eine Diebin und eine Hexe.

Ein Knabe nahm eine Handvoll vom gegenüberliegenden Miststock. Anna Catrina wollte die Arme zum Schutz heben. Doch es ging nicht. Es traf sie mitten ins Gesicht.

Ihren Onkel sah sie den ganzen Tag nicht.

Sie versuchte, nicht an ihre Zukunft zu denken. Ihr Onkel würde sie sicher hinauswerfen. Sie wusste, was er über Diebe dachte. Und ihre Stelle bei Dorothea würde sie auch verlieren. Vielleicht sollte sie doch weggehen. Aber wohin? Mit Meister Hans etwa? Aber der würde sich auch von ihr abwenden. Sie fühlte sich allein, obwohl sie den ganzen Tag von Menschen umgeben war.

Als sie nach Hause kam, flackerte eine Kerze in der Gaststube. Ihr Onkel saß am Tisch, den Kopf hatte er in die Hände gestützt. Er sah kurz auf, dann senkte er sein Haupt wieder.

»Bitte, Onkel Uri, lass es mich erklären.«

Uri seufzte, wandte sich von ihr ab, stand auf, ging in die Küche. Sie hielt ihn an der Schulter zurück, er schüttelte sie ab.

»Du bist nicht besser als deine Mutter.«

»Was war mit meiner Mutter?«

»Die hat auch gestohlen.«

»Wie bitte?«

»Den anderen Männern das Herz.«

»Welchen Männern?«

»Es gab da verschiedene.«

»Dann weißt du also, wer mein Vater ist?«

Er schüttelte den Kopf.

»Ich habe nichts gestohlen. Cäcilia hat …«, versuchte sich Anna Catrina zu verteidigen.

»Du musst mir nichts erklären«, fiel ihr der Onkel ins Wort.

»Doch, weil es die Wahrheit ist. Ich wollte Cäcilia nicht verraten.«

»Und hast dafür einen Tag Pranger auf dich genommen.«

Anna Catrina nickte.

Der Onkel seufzte. »Du warst schon immer so. Schon als Mädchen. Wenn jemand eine Dummheit gemacht hat, dann hast du dich geopfert. Das ist nicht gut.« Er ging wieder in die Gaststube zurück und ließ sich auf einen Stuhl fallen. »Wie damals mit der alten Onna. Die Kinder haben sie die ganze Zeit gehänselt. Sagten, sie sei eine Hexe.«

»Stimmt, nur weil sie alt und allein war. Und manchmal etwas seltsam. Mir hat sie leid getan.«

»Und eines Tages war ihr einziges Huhn tot«, fuhr Uri fort. »Es lag vor ihrer Haustür. Der Kopf fehlte. Wir haben alle Kinder befragt. Niemand wollte es gewesen sein. Dann wurde die Onna bezichtigt, das Huhn selber da hingelegt zu haben. Ja, es gar verhext zu haben, dass ihm der Kopf abgefallen ist. Aber dann hast du dich gemeldet und gesagt, du seist es gewesen.«

»Stimmt. Und dann durfte ich nicht mehr mit den anderen Kindern spielen«, ergänzte Anna Catrina.

Sie setzte sich zu ihrem Onkel. »Aber die Kleine hat es auch nicht einfach. Steht im Schatten ihres Bruders, niemand kümmert sich um sie, schon gar nicht die Mutter.«

»Du weißt, dass es auch viel schlimmer hätte kommen können?«

»Das ist es aber nicht. Und was machen wir jetzt?«

»Wie meinst du das?«

»Wirfst du mich jetzt raus?«

»Natürlich nicht. Komm schon her.« Er nahm ihre Hände in seine und drückte sie fest. »Genau wie deine Tante Elscha. Immer mit dem Kopf durch die Wand.«

IV.
DIE NICHTE

KAPITEL 9

Der kleine Peter liegt zusammengekrümmt am Boden. Elscha kniet zu ihm nieder, hebt seinen Kopf so gut es geht, versucht, ihm die Flüssigkeit einzuflößen. Er nimmt einen Schluck, hustet, spuckt es wieder aus.

»Tu doch etwas«, sagt seine Mutter und weint, die Tränen rinnen ihr übers Gesicht.

Elscha versucht es nochmals, doch Peter schluckt nicht, er lässt alles wieder heraus.

Sie streicht ihm sanft über das nasse Haar. »Bitte Peter, du musst trinken. Das tut dir gut, dann wirst du wieder gesund.«

Doch er dreht den Kopf zur Seite, röchelt. Das Atmen schein ihm schwer zu fallen. Jetzt dreht er den Kopf wieder zurück. Sie gibt ihm nochmals zu Trinken. Diesmal schluckt er es hinunter. Er schaut sie an mit großen starren Augen. Dann fällt sein Kopf zurück. Der verkrampfte Körper entspannt sich. Er ist tot.

»Was hast du gemacht?« Die Mutter stürzt sich auf

den Jungen, versucht, ihn wachzurütteln. Vergeblich. Dann auf Elscha, die immer noch neben ihm kniet.

»Du hast ihn umgebracht!«, schreit sie. »Was hast du ihm eingeflößt? Du Mörderin!«

»Es tut mir leid«, sagt Elscha, schließt dem Jungen die Augen und erhebt sich. Sie geht auf Peters Mutter zu, will sie in den Arm nehmen. Doch sie wehrt sie ab.

»Du Hexe. Was hast du ihm gegeben? Welches Gift?«

»Es war zu spät. Ich konnte nichts mehr machen.«

Die Mutter hebt die Hand, will auf Elscha losschlagen. Da betritt Peters Vater die Kammer.

»Was ist denn hier los?« Er hält seine Frau zurück, nimmt sie in den Arm. Sie schlägt mit der Faust auf seine Schulter, bis sie nicht mehr kann.

»Ich habe ihm nicht mehr helfen können«, sagt Elscha an den Vater gerichtet. »Es tut mir leid.«

Am nächsten Tag bringt Elscha Peters Mutter ein paar Eier. Doch die will sie nicht entgegennehmen. Sie schaut Elscha nicht mal in die Augen.

»Deine Eier kannst du wieder mitnehmen. Ich nehme nichts von einer wie dir.«

»Wie meinst du das?«, fragt Elscha.

»Da fragst du noch? Du hast meinen Sohn umgebracht.«

»Wie bitte?«

»Anna hat mir alles erzählt.«

»Was hat dir Anna erzählt?«

»Dass du ihm das Maul stopfen wolltest.«

»Das habe ich doch nur so daher gesagt. Wie man so Sachen halt sagt.«

»Ich glaube dir nicht.« Peters Mutter schaut Elscha böse an. »Du hast seinen Tod gewollt.«

»Ich wollte ihm helfen.«

»Du hast ihm ein Gift eingeflößt, du Hexe.«

»Schade, dass du so von mir denkst.« Elscha legt die Eier in den Korb zurück.

»Du wirst es noch bereuen.« Die Mutter schlägt ihr die Türe vor der Nase zu.

Es poltert gegen die Tür. Schnell geht Elscha hin und öffnet, damit die kleine Anna nicht wach wird.

Der Weibel steht breitbeinig davor. Schaut sie von oben bis unten an. Und schweigt.

Elscha blickt ihn fragend an.

»Du weißt sicher, wieso ich hier bin.«

»Nein, das weiß ich nicht.«

»Du hast eine Verabredung mit dem Landammann.«

»Davon weiß ich nichts.«

»Aber jetzt weißt du es. Er erwartet dich Morgen Vormittag.«

»Und worum geht's?«

»Das solltest du selber am Besten wissen.«

»Und wieso?«

»Weil du so allerhand treibst.«

»Ich verstehe nicht.«

»Das wird dir alles der Landammann erklären.« Der Weibel macht rechtsumkehrt und marschiert davon.

»Tante, was hat dieser Mann gewollt?«, fragt Anna als Elscha die Küche betritt.

»Er hat sich nur in der Türe geirrt.«

»Ach ja?« Anna scheint ihr nicht zu glauben.

»Wieso war er denn so böse?«

»Er war nicht böse. Vielleicht hatte er etwas schlechte Laune.«

»Ach so.«

»Wollen wir frühstücken?«

»Ja, ich habe Hunger.«

»Dann geh noch schnell die Hühner füttern. Wenn du zurück bist, ist das Frühstück fertig.«

Anna nimmt eine Handvoll Körner aus dem Sack und geht damit nach draußen.

Unruhig läuft Elscha in der Küche auf und ab. Was hat der Weibel gewollt? Wieso wollte der Landammann sie sprechen? War es etwa wegen Peter? Oder wegen der Gerüchte, die in letzter Zeit kursierten? Immer wieder sagten gewisse Leute, es gehe nicht mit rechten Dingen zu, wenn sie jemanden behandelte. Egal ob jemand starb oder ob er gesund wurde. Auf der einen Seite waren sie froh, Hilfe zu bekommen. Andererseits kam es ihnen nicht geheuer vor. Sollte sie ihren Beruf aufgeben? Aber wovon konnte sie dann leben? Sie brauchte das Entgelt, das sie dafür bekam. Auch wenn es nur ein Stück Käse oder Schinken gab. Das reichte jeweils, um über den Winter zu kommen, wenn der Garten nichts mehr hergab. Es reichte zwar knapp, aber es reichte.

Letzten Winter mussten sie ein Huhn schlachten. Jetzt hatten sie nur noch zwei. Anna hatte wie am Spieß gebrüllt. Es war ihre Lieblingshenne gewesen. Doch sie gab nur noch hie und da ein Ei. Anna weigerte sich zuerst, davon zu essen. Als der Hunger groß genug war, griff auch sie nach einem Hühnerbein.

Aber vielleicht machte sie sich auch umsonst Sorgen. Vielleicht hatte sie der Landammann einfach rufen lassen, weil er irgendein Leiden hatte. Aber wieso hatte er dann den Weibel geschickt?

»Wo gehst du hin?«, fragt Anna.

»Ich gehe in die Stadt, um etwas zu besorgen.«

»Und wieso hast du dich dann so schön angezogen?«

Elscha schaut an sich herunter. Sie hat ihre beste Bluse und die beste Schoß aus dem Schrank geholt.

»Hast du was dagegen?«

Anna schüttelt den Kopf. »Und wann kommst du wieder?«

»Das weiß ich noch nicht. Sehr wahrscheinlich erst am Nachmittag.«

»Und was soll ich bis dann machen?«

»Du kannst im Garten etwas jäten. Das Unkraut wuchert ja schon wieder überall.«

Elscha betritt die Stadt durch das rote Tor. Sie weiß nicht, wieso sie diesen ungewöhnlichen Weg gewählt hat. Vielleicht, weil hier weniger Leute ein- und ausgehen. Sie hat ein seltsames Gefühl im Bauch. Auch die Nachbarin hat sie heute so seltsam angeschaut, wollte gar keinen Schwatz halten, wie sonst. Oder hat sie sich das nur eingebildet?

Ich mache mir wieder mal Sorgen um nichts. Sicher hat der Landammann nur Bauchschmerzen oder sonst ein Zipperlein. Aber wieso hat er sie dann ins Gerichtsgebäude bestellt?

Als der Weibel sie sieht, kommt er ihr entgegen. Seine Laune ist noch dieselbe wie am Vortag. Er geht voraus, die Treppe hinauf, öffnet die Tür. Soll sie ihn fragen, was der Landammann von ihr wollte? Sie lässt es bleiben. Er würde ihr keine Antwort geben.

Er stößt eine weitere Türe auf. Elscha erschrickt. Da sitzen über zehn Männer.

»Komm doch herein Elscha.« Der Landammann heißt sie, auf einem Stuhl Platz zu nehmen.

Sie schaut sich um. Alles düstere Mienen. Das hat nichts Gutes zu verheißen.

»Gegen dich ist ein schwerer Vorwurf erhoben worden«, sagt der Säckelmeister. Elscha blickt zu Boden. Das konnte nur Peters Mutter gewesen sein.

»Du habest Teufelswerk betrieben«, fährt der Säckelmeister fort.

»Ich weiß nicht, was ihr meint«, entgegnet Elscha.

»Du hast den kleinen Peter vergiftet. Und zwar auf eine grausame Weise. Er war bereits krank und du hast ihm dann noch den Rest gegeben.«

»Ich wollte ihm helfen.«

»Helfen? Einen Pakt mit dem Teufel hast du geschlossen.«

»Das ist nicht wahr.«

»Gib es zu, Elscha und du musst nicht mehr leiden. Dann müssen wir dich keiner peinlichen Befragung unterziehen«, sagt der Landammann.

»Ich gebe gar nichts zu. Ist das jetzt der Dank, dass ich schon vielen Menschen geholfen habe? Es war zu spät für den kleinen Peter. Er war zu schwach, konnte kaum mehr schlucken. Meine Medizin hat nicht mehr gewirkt.«

»Nicht gewirkt? Genau das hat sie, gib es zu!« Der Säckelmeister steht auf und baut sich vor ihr auf. »Wir können die Befragung auch woanders fortführen. An einem Ort, wo wir die nötigen Mittel haben.«

Elscha zuckt zusammen. Sie hat schon von diesen Methoden gehört. Am Schluss gestehen alle, nur, damit es aufhört. Und werden dann als Hexen enthauptet.

»Macht, was ihr für richtig haltet, aber ich habe den Peter nicht vergiftet.«

»Wie dem auch sei. Wir werden noch einige Zeugen dazu befragen. Du kannst nach Hause gehen. Aber halte dich bereit. Wir werden nach dir schicken. Und nach Anna.«

»Was hat Anna damit zu tun? Wollt ihr sie auch …«

»Wir möchten sie als Zeugin aufbieten. Du kannst jetzt gehen.«

Ein paar Tage später bestellen sie Elscha zusammen mit Anna ins Gerichtsgebäude. Sie sagt Anna nicht, worum es geht. Sie möchte sie nicht erschrecken. Nachdem Anna ihre Aussage gemacht hat, dürfen sie wieder nach Hause gehen. Nach zwei Tagen holt der Weibel Elscha wieder ab. Er bringt sie in den Kerker, einen dunklen Raum mit nur einem Fenster. An der einen Seite steht eine Steinbank. Sie setzt sich, beginnt zu weinen. Was jetzt nur mit der kleinen Anna passiert.

Sie holen sie immer am Abend. Stellen ihr immer dieselben Fragen. Zuerst *de plano* – zu ebener Erde –, dann binden sie ihr die Hände hinter dem Rücken zusammen und ziehen sie in die Höhe.

»Hast du den kleinen Peter vergiftet?«

»Nein.«

»Was hast du dann mit ihm gemacht?«

»Ich wollte ihn retten. Er hatte Fieber. Ich habe ihm einen Trunk gemacht, um das Fieber zu senken.«

»Ist Peter gestorben, nachdem er einen Schluck von dem Trunk genommen hat?«

»Ja, aber es war nicht der Trunk.«

»Was war es dann?«

»Das Fieber war zu hoch.«

»Hast du den Trunk mit Hilfe des Satans zubereitet?«

»Nein, es waren nur verschiedene Kräuter drin.«

»Deine Nichte Anna hat ausgesagt, du wolltest dem Peter das Maul stopfen. Stimmt das?«

»Ich verstehe die Frage nicht.«

»Stimmt es, dass du gesagt hast, du wollest Peter das Maul stopfen?«

»Ja, das stimmt. Aber ich habe es nicht so gemeint.«

»Wie hast du es dann gemeint?«

»Ich wollte nicht, dass er Anna sagt, ich sei nicht ihre Mutter.«

»Bist du denn ihre Mutter?«

»Nein.«

»In welcher verwandtschaftlichen Beziehung stehst du dann zu ihr?«

»Ich bin ihre Tante.«

»Wieso hast du sie im Glauben gelassen, sie sei deine Tochter?«

»Es war ein Fehler.«

»Du hast sie angelogen.«

»Ja.«

»Als du einmal nach Sogn Martin gingst, um einer Gebärenden zu helfen, ist eine Lawine niedergegangen. Stimmt das?«

»Ja.«

»Sie hat das Haus von Gieri Caplazi verschüttet. Er und seine Familie sind darin umgekommen.«

Elscha nickt.

»Bist du mit dem Gieri gut ausgekommen.«

»Es geht so.«

»Du hast ihn verflucht.«

»Weil er sich an seinen Kindern vergriffen hat.«

»Und deshalb hast du die Lawine ausgelöst.«

»Nein. Wie sollte ich das auch gemacht haben?«

»Das möchten wir von dir wissen.«

»Ich habe die Lawine nicht ausgelöst. Wie könnte ich auch.«

»Vielleicht mit Hilfe des Teufels?«

Elscha schüttelt den Kopf.

»Man hat dich mehrmals beim Tanzen erwischt. Auf der oberen Viehweide. Hast du dich da dem Gehörnten hingegeben?«

Elscha schweigt.

»So kommen wir nicht weiter.« Er nickt dem Weibel zu. Dieser hängt einen Stein an Elschas Füße.

Ihre Schultern schmerzen. Sie hält es fast nicht aus.

Bab en tschiel, Vater im Himmel, gib mir die Kraft ...

»Hast du den kleinen Peter vergiftet?« Die Fragen beginnen wieder von vorne. Sie gibt wieder dieselben Antworten. Stellt sich vor, weit weg zu sein. Auf einer Wiese zu liegen. Sommervögel überall.

Der Stein wird abgehängt. Man bringt sie in den dunklen Raum zurück. Doch vorher schären sie ihr noch die Haare.

Am nächsten Tag dieselbe Befragung *de plano*. Dann ziehen sie sie wieder auf. Zuerst ohne Gewicht, dann mit.

Sie bleibt bei ihren Antworten, gibt nichts zu. Danach zeigen sie ihr den spanischen Bock – ein keilförmiger Holzbock mit Metallzacken –, auf den man mit gespreizten Beinen gesetzt wird.

»Da drauf hat noch jeder gestanden«, sagt der Folterknecht.

Sie kann sich die Schmerzen nur vage vorstellen.

Sie setzen sie darauf. Sie hält es fast nicht aus. Und die Fragen beginnen von vorne.

Dieus gidi mei!

Die Schmerzen werden unerträglich. Sie verliert das Bewusstsein, wacht im Kerker wieder auf. Sie liegt am Boden. Vor sich eine Schüssel Wasser. Ihren Unterleib spürt sie nicht mehr.

Am Morgen wird sie wieder vor die Richter geführt. Ihr Rock ist schmutzig, er stinkt nach Urin und Kot. Ihre Schenkel sind blutverschmiert. Die Richter scheint das nicht zu stören. Sie rümpfen nicht einmal die Nase.

Der Landammann nickt ihr zu. »Das ehrenwerte Kriminalgericht hat ein Urteil gefällt.« Er hält inne, wie um die Spannung zu vergrößern. Sie kann sich fast nicht auf den Beinen halten.

»Du wirst für immer verbannt«, sagt der Säckelmeister. »Dein Hab und Gut wird konfisziert. Du hast bist morgen früh Zeit, Ilanz und die Gruob zu verlassen.«

»Und was wird mit meiner Nichte?«

»Die bleibt natürlich hier.«

»Ich werde mich um sie kümmern«, sagt der Landammann und nickt ihr beruhigend zu.

Der Gang durch Ilanz gleicht einem Spießrutenlauf. Er kommt ihr unendlich vor. Alle schauen sie an in ihrem schmutzigen Kleid und ohne Haare. Ihren Kopf kann sie nicht einmal abdecken, da sie ihre Haube verloren hat. Kinder werfen ihr Steine hinterher. Die älteren Leute schauen auf den Boden. Niemand grüßt sie, niemand spricht mit ihr. Endlich hat sie das rote Tor, die Porta Cotschna erreicht. Sie lässt die Stadt hinter sich. Spürt die Blicke auf ihrem Rücken. Hier wird eine verbannt, sagen sie. Eine Hexe, die nicht gestanden hat, die all den Folterungen widerstehen konnte. Das kann nur Teufelswerk gewesen sein.

Elscha kann nicht glauben, dass sie die Tortur überstanden hat. Dass sie unter den größten Schmerzen bei der Wahrheit hat bleiben können. Wie einfach wäre es gewesen, ›ja, ich war's‹ zu sagen. Damit alles aufhört. Aber irgendetwas hat ihr die Kraft gegeben, durchzuhalten.

V.
DIE SUCHENDE

KAPITEL 10

Im »Löwen« hatten nur zwei Gäste übernachtet. Ein Händler, der nach Vals wollte und ein Schreiner, der auf dem Weg nach Disentis war. Anna Catrina stellte jedem einen Topf Gerstenbrei hin, dazu einen Becher Ziegenmilch.

»Anna, weißt du schon das Neuste?« Barbla kam plötzlich hereingestürmt und fasste sie an beiden Händen. Sie hatte Tränen in den Augen. »Du kannst wieder bei uns arbeiten!«

»Ich? Wieso?«

»Cäcilia hat ihrer Mutter alles gestanden. Dass sie die Brosche von Pieder bekommen und dass sie dich verraten hat. Dorothea von Planta tut es außerordentlich leid und sie hofft, dass du ihr vergeben kannst. Sie bittet dich, wieder bei ihr zu arbeiten. Aber natürlich nur, wenn du dir das auch vorstellen kannst.«

Anna Catrina faltete die Hände und hielt sie vors Gesicht. »Das ist nicht wahr. Machst du dich jetzt lustig über mich?«

»Nein, es stimmt.«

»Und wann soll ich wieder anfangen?«

»Jetzt gleich.«

Anna Catrina hielt inne. »Und ich soll einfach so tun, als wenn nichts gewesen wäre?«

»Komm, gib dir einen Ruck. Es tut ihr wirklich leid. Du hättest sie sehen sollen.«

»Ich weiß nicht.«

»Sie steht jetzt in deiner Schuld. Besser kann es nicht sein.«

Anna Catrina dachte nach.

»Sag ihr, dass ich komme. Nächste Woche.«

Barbla küsste sie auf beide Wangen. Und schon war sie wieder weg.

»Komm, ich muss dir was zeigen!« Pieder zog Cäcilia am Ärmel.

»Hast du wieder eine deiner guten Ideen, die zu einer Katastrophe führen? Ich habe keine Lust auf solchen Unsinn«, erwiderte Cäcilia.

»*Tuppadads!* Nun komm schon, Cäci.«

»Und sag mir nicht Cäci! Sonst bin ich weg.«

Er zog sie von der Casa Gronda quer über die Gasse zur Casa Carniec. »Es ist niemand zu Hause. Deshalb ist das eine gute Gelegenheit.«

»Eine Gelegenheit um wieder etwas zu stehlen?«

»*Pulenta!* So ein Quatsch. Ich möchte dir nur etwas zeigen. Aber wenn du keine Lust hast, dann ...«

»Und wo soll das sein?«

»Bei uns im Haus.«

Obwohl das Haus gleich nebenan Verwandten gehörte – ihr Urgroßvater Johann Jakob III. Schmid von Grüneck war ein Bruder von Johann Gaudenz, dem Vater des jetzigen Besitzers Ulrich Schmid von Grüneck –, hatte Cäcilia die Casa Carniec noch nie betreten. Das Patrizierhaus war die älteste Wohnstätte der Familie Schmid von Grüneck, jedoch nicht ganz so stattlich wie die Casa Gronda.

Pieder schob den Riegel, öffnete die Tür und zog Cäcilia in einen dunklen Gang hinein. Ein paar Stufen führten oben.

»So etwas hast du noch nie gesehen!«

Cäcilia zuckte mit den Schultern. »Woher weißt du, was ich schon gesehen habe?«

»Das bestimmt nicht!« Er nahm sie bei der Hand und führte sie in einen hellen Raum, der als Festsaal dienen musste. Er war beinahe leer. In der Mitte stand eine lange Tafel mit Stühlen.

Cäcilia sah sich um. »Aber hier dürften wir doch bestimmt nicht rein.«

»Ist ja niemand da, der etwas sagen könnte. – Da, schau!« Er zeigte nach oben.

Die Blumenranken erinnerten Cäcilia an die Malereien in der Kirche. Aber statt dieses komischen Totenkopfs auf einem verschrumpelten Körper gab es hier Tiere.

»Schau hier! Ein Bär, ein Fuchs!«, rief Pieder.

»Und sogar ein Eichhörnchen«, ergänzte Cäcilia.

»Aber das ist noch nicht alles.« Er führte sie zur anderen Seite des Raumes.

»Weißt du, was das ist?« Er zeigte auf eine Gestalt mit einer sonderbaren Mütze.

Cäcilia schüttelte den Kopf.

»Das ist ein Narr. Und hier hat er seinen Spiegel. Das rechts davon ist die Fortuna. Mit dem Tuch.«

»Sie ist wunderschön! – Woher weißt du das alles?«

»Das hat mir mein Bruder erklärt. Als die Eltern mal nicht zu Hause waren.«

»Aber irgendwie war der, der das gemacht hat, ziemlich faul«, sagte Cäcilia.

»Wieso meinst du das?«

»Er hat es nicht zu Ende gemalt.«

»Das heißt doch nicht, dass er faul war. Vielleicht wurde er krank oder ist gestorben.«

»Oder hatte einfach keine Lust mehr«, ergänzte Cäcilia.

Beide kicherten.

Plötzlich wurde die Tür aufgestoßen und Barbara von Montalta stand vor ihnen.

»Mutter, du bist schon wieder da?«, stotterte Pieder.

»Was macht ihr hier drin?«, fragte Barbara von Montalta. »Ihr habt hier nichts zu suchen. Geht nach draußen, wenn ihr spielen wollt. – Und hab ich dir nicht gesagt, du sollst dich nicht mehr mit Cäcilia treffen? – Geh nach Hause«, sagte sie an Cäcilia gewandt.

Cäcilia zuckte zusammen. Das war so ungerecht. Schließlich konnte sie nichts dafür, dass Pieder seiner Mutter die Brosche gestohlen und ihr gegeben hatte. Klar, sie hätte es früher sagen und nicht Anna Catrina mit hineinziehen sollen. Aber das ging die Montalta nichts an.

»Ich geh dann mal«, sagte Cäcilia und verließ den Saal.

»Wir sehen uns!«, rief ihr Pieder hinterher.

»Schön, dass du noch mit mir spazieren gehst.«

»Wie meinst du das?«, fragte Hans, pflückte eine Margerite und steckte sie Anna Catrina hinters Ohr.

»Mit einer, die am Pranger stand.«

»Mit einer, die unschuldig am Pranger stand«, verbesserte sie Hans.

Anna Catrina lachte. »Da hast du wohl recht.«

»Ich habe auch nie an deiner Unschuld gezweifelt.«

»Sicher?«

»Da bin ich mir ganz sicher. Außerdem bist du das bemerkenswerteste Weib, das mir je begegnet ist.«

»Jetzt werde ich dann gleich verlegen.« Sie senkte den Kopf.

»Das musst du nicht.« Er lachte sie an. »Aber was hast du jetzt vor?«

»Ich werde wohl wieder für Dorothea von Planta arbeiten, was bleibt mir denn anderes übrig.« Sie hielt seine Hand. Sie war angenehm warm. »Nur schon, um in deiner Nähe zu sein.«

Er schaute sie lange an. »Könntest du dir vorstellen, wegzugehen?«

»Weggehen? Wohin?«

»Zum Beispiel nach Chur. Mit mir.«

»Wie meint du das?«

»Als meine Frau.«

»Ist das dein Ernst?« Ihr Herz machte einen Sprung. Mit Hans nach Chur gehen?

Er nahm ihre Hand und küsste sie. Einmal. Zweimal. Der Kuss breitete sich über ihren ganzen Körper aus.

»Du bist so einzigartig, ich möchte dich am liebsten den ganzen Tag um mich haben.«

Anna Catrina schwieg. Danach hatte sie sich lange gesehnt. Weggehen, neu anfangen. Ihr Onkel würde sie sicher verstehen und Dorothea war sie nichts schuldig.

Wegen Cäcilia würde es ihr leid tun. Doch hatte

sie Anna Catrina schließlich verraten. Auch war seit dem Tag am Pranger jeder Gang durchs Städtchen ein Spießrutenlauf. Die Kinder jagten immer noch hinter ihr her. Und ein paar Mal hatte schon einer seinen Hund auf sie gehetzt.

Wäre es nicht schön, neu anzufangen? In einer anderen Stadt? Einen Tagesmarsch von Ilanz entfernt?

»Du musst mir nicht gleich eine Antwort geben. Du kannst es dir überlegen.«

»Ich muss es mir nicht überlegen.«

»Dann sollte ich wohl mit deinem Onkel sprechen.«

»Ja, unbedingt! Der hat nichts dagegen, da bin ich mir sicher.« Sie schlang ihre Arme um seinen Hals.

Er strich ihr mit der Hand über die Wange und drückte sie an sich. Es fühlte sich gut an.

KAPITEL 11

Hast du das letzte Nacht auch gehört?«, fragte Cäcilia und langte mit dem Finger in die Pfanne, in der Himbeeren köchelten.

»Du verbrennst dich«, sagte Anna Catrina und schob Cäcilias Hand weg.

»Nun sag schon!«

»Was hätte ich denn hören sollen? Ich habe geschlafen.«

»Da ist jemand im Haus auf und ab gegangen.«

»Und das soll ich bis zum ›Löwen‹ gehört haben?«

»Stimmt, du wohnst ja nicht hier. – Aber da war was. Ganz bestimmt.« Cäclilia setzte sich auf einen Stuhl und rutschte nervös darauf herum. »Das war sicher wieder diese Frau.«

»Welche Frau?«

»Die Frau, die schwarz angezogen ist. Manchmal hat sie auch einen schwarzen Schleier. Und dann gibt sie so komische Geräusche von sich. Ich glaube, sie ist nicht sehr glücklich. Ich habe sie gefragt, was mit ihr los sei, und ob ich ihr helfen könne. Aber sie hat mich nur stumm angeschaut. Und auf einmal war sie verschwunden.«

»Cäcilia, du stellst dir wieder mal Dinge vor, die es nicht gibt.«

»Um mich interessant zu machen. – Du hörst dich an wie meine Mutter.« Cäcilia verzog das Gesicht.

Anna Catrina nahm die Beeren von der Feuerstelle und goss sie in einen Topf.

»Dann erzähl ich es dir eben nicht.«

»Genau, ich will es gar nicht wissen.« Anna Catrina strich sich die Hände an der Schürze ab.

»Du kennst ja nicht mal den Geheimgang.«

»Welchen Geheimgang?«

»Siehst du? Jetzt interessiert es dich doch. Da gibt es eine Treppe. Die führt vom ersten Stock in den Keller und von da geht ein Gang weg.«

»Da hast du dir wieder mal was Schönes ausgedacht.« Anna Catrina nahm Gemüse aus dem Korb und begann es zu putzen.

»Es stimmt aber. – Gut, dann sag ich dir auch nicht, wen ich da gesehen habe.«

»Was redest du denn für dummes Zeugs.«

«Meister Hans habe ich gesehen.«

Anna Catrina hielt inne. »Was? Wo?«

»Er muss durch den Gang gekommen sein.«

»Wieso durch den Gang?«

»Das hab ich dir doch gerade gesagt. Der Gang, der vom Garten in den Keller führt.«

»Und was soll er da gemacht haben?«

»Ja, was wohl.« Cäcilia schürzte die Lippen zu einem Kuss. »Er hat meine Mutter getroffen.«

»Das ist nicht wahr.« Anna Catrina versuchte zu lachen, aber es gelang ihr nicht.

Blöde Göre, wieso musste sie sich von diesem Mädchen so verunsichern lassen?

»*Tgei tuppa!* Du erzählst Blödsinn.«

»Dann schau doch selber nach, wenn du es nicht glaubst. Seit mein Vater wieder weg ist, kommt er fast jede Nacht.«

Am liebsten hätte sie der Kleinen eine Ohrfeige gegeben, doch sie hielt sich zurück. »Ich möchte nichts mehr davon hören.«

Hans und Dorothea von Planta. Das konnte nicht sein. Das durfte nicht sein. Betrog er Anna Catrina mit ihrer Herrin? Jetzt, nachdem er ihr einen Heiratsantrag gemacht und sie gefragt hatte ob sie mit ihm nach Chur kommen wolle? Dieser Idiot. Was er sich wohl dabei dachte. Ihr wurde schwindlig bei dem Gedanken. Alles schien sich zu drehen.

Es war ihr schon einige Male aufgefallen wie Dorothea von Planta Hans anschaute. Doch sie konnte nicht glauben, dass sich eine Frau ihres Standes auf einen Handwerker einließ. Das verstieß gegen jegliche Konvention. Cäcilia hatte doch einfach zu viel Fantasie.

Andererseits – Hans hatte immer so gut von Dorothea von Planta gesprochen, auch beim Vorfall mit der Brosche. Das war schon seltsam gewesen. Sie musste sich Gewissheit verschaffen. Herausfinden, wo dieser Gang war.

Es war kalt. Die Alte versuchte, Konturen in der Dunkelheit auszumachen. Vergeblich. Alles schwarz in schwarz. Was vorher Baumstämme und Blätter waren, war jetzt nur noch eine Fläche ohne Anfang und Ende.

Sie hörte ein Rascheln, erschrak. Sicher nur eine Maus. Sie zog das wollene Tuch enger um ihre Schultern, winkelte die Beine an, stieß sich den Rücken am Felsvorsprung, unter den sie sich verkrochen hatte. Es wurde nicht wärmer. Nur der spitze Schmerz.

War es das wirklich wert? Wäre sie nicht lieber geblieben, wo sie war? So schlecht ging es ihr da nicht. Genug zu essen, ein trockenes Lager.

Doch sie musste nochmals zurück. Sie musste es ihr sagen. Auch wenn es vielleicht nichts änderte. Sonst würde sie nie Ruhe finden.

Es war bereits dunkel und verboten, sich zu dieser Zeit noch im Freien aufzuhalten. Die Gesetze der Stadt waren da strikt.

Cäcilia hatte Anna Catrina erklärt, wo der Gang endete. Außerhalb der Stadtmauer, im Obstgarten. Eigentlich hätte sie ihn schon früher bemerken können, wenn sie jeweils Äpfel und Birnen von den Bäumen pflückte. Doch man musste schon wissen, wo er war, ein Strauch deckte ihn ab.

Sie kauerte hinter einem Apfelbaum, spürte die Rinde, die immer mehr in ihren Rücken drückte und wartete. Nichts geschah. Vom nahen Wald rief ein Käuzchen. Der Mond tauchte die Wiese in bläuliches Licht.

Da, ein Geräusch. Sie sah eine Gestalt vom Rhein her die Wiese hinaufsteigen. Ob es Hans war, konnte sie nicht feststellen. Die Gestalt kam näher. Jetzt hörte Anna Catrina sogar deren Atem. Ihr Herz schlug wie wild, der ganze Körper pulsierte. Die Gestalt kam auf sie zu, bald würde sie sie entdeckt haben. Anna Catrina versuchte sich klein zu machen, unsichtbar. Die Schritte kamen immer näher, dann hielten sie inne. Hatte man sie entdeckt? Sie hielt die Luft an. Die Schritte entfernten sich, gingen Richtung Stadtmauer. Sie hörte ein Rascheln, das musste der Strauch sein. Sie wartete noch eine Weile, dann erhob sie sich und schlich der Gestalt hinterher. Zuerst zögerte sie. Es roch modrig. Der Gang war dunkel und feucht, man konnte beinahe nichts sehen. Doch dann wurde es heller. Jemand musste eine Fackel angezündet haben. Der Gang machte eine Kurve nach links, so dass sie der Person relativ dicht auf den Fersen folgen konnte. Plötzlich verschwand das Licht, Anna Catrina stolperte, fiel hin, schlug sich das Gesicht an einem Stein auf. Sie richtete sich wieder auf, es war stockdunkel. Sie tappte mit der einen Hand Richtung Wand, zuerst ins Leere, dann berührte sie den kantigen Stein und hangelte sich daran entlang vorwärts.

Plötzlich griff sie in etwas Weiches. Beinahe hätte sie einen Schrei ausgestoßen. Sie konnte sich gerade noch den Mund zuhalten. Das musste eine Hand sein. Aber wieso war die so dicht behaart? Da flatterte ihr etwas an den Kopf. Eine Fledermaus.

Sie versuchte, sich wieder zu beruhigen, ging weiter in die Dunkelheit, strich mit der einen Hand am Fels entlang. Nach ein paar Schritten wurde es heller und sie konnte wieder Konturen erkennen. Der Gang verzweigte sich. Geradeaus war eine Tür, die musste zum Keller führen. Nach rechts ging eine Treppe hoch.

Hatte Cäcilia doch nicht gelogen? Da führte eine Stiege in den oberen Stock. Aber wohin? Sie setzte den Fuß auf die erste Stufe. Sie knarrte. Erschrocken zog sie den Fuß zurück. Trat nochmals ganz langsam auf, diesmal nicht in der Mitte, sondern etwas am Rand. Das Holz ächzte nur noch leicht. Langsam tastete sie sich vor. Immer mit der Angst, dass es wieder knarren würde. Was wohl am andern Ende der Stiege war? Am liebsten wäre sie wieder umgekehrt.

Nach unzähligen Stufen – so kam es ihr jedenfalls vor – war sie oben angekommen. Da gab es eine Tür. Sie schien verschlossen. Anna Catrina drückte mit aller Kraft dagegen, auf einmal ging sie auf. Sie stand in einer Art Holzkiste, die wiederum eine Tür hatte.

Sie hörte Stimmen. Ein hohes Lachen. Hans' dunkle Stimme. Sie öffnete die Tür einen Spalt breit. Zuerst sah sie nichts, also stieß sie sie vorsichtig noch etwas weiter auf.

Da lagen Hans und Dorothea von Planta. Auf dem Bett. Dem Bett mit dem hellblauen Baldachin. Er hatte seine Hand in ihr Mieder geschoben. Sie stöhnte lustvoll. Erst jetzt wurde Anna Catrina klar: Sie stand im Wandschrank von Dorothea von Planta.

Cäcilia hatte recht gehabt. Hans und Dorothea von Planta. Sie spürte, wie sich Wut in ihr breit machte. Am liebsten wäre sie ins Zimmer gestürmt und hätte die beiden zur Rede gestellt. Doch was hätte das gebracht? Hans war für sie erledigt.

»Und du bist sicher, dass es Dorothea von Planta war?« Barbla legte ein Säckchen mit Asche in den Zuber.

»Ja, zum zehnten Mal. Sie war es.«

»Und was hast du gemacht?« Barbla begann, die Wäsche hineinzuschichten.

»Ich bin hervorgetreten und habe sie zur Rede gestellt.«

»Du bist was?« Barbla hielt inne.

»Natürlich nicht. Das war ein Scherz. Ich habe die Türe wieder leise geschlossen und mich vom Acker gemacht.«

»Und was machst du jetzt?« Barbla legte noch ein paar Leintücher obendrauf.

»Ich werde ihn zur Rede stellen.«

»Bist du dir da sicher? Er wird wütend werden, dass du ihm nachspioniert hast.« Sie goss heißes Wasser in den Zuber.

»Bin ich etwa nicht wütend?«

»Schon, aber du bist ein Weib.«

»Na und?«

»Und er ist ein Mann.«

»Schlägst du dich jetzt auf seine Seite?«

»Nein«. Barbla tunkte mit einem Holz die Wäsche unter Wasser.

»Ein Mann hat einfach mehr zu sagen.«

»Wieso eigentlich?«, fragte Anna Catrina.

»Keine Ahnung. Ist halt so. Ist schon immer so gewesen.«

»Es ist trotzdem nicht richtig.«

»Aber vielleicht wird das ja doch noch was mit

euch. Wenn du mit ihm nach Chur gehst. Dann bist du Dorothea von Planta los.«

»Und wenn er so einer ist, der immer wieder mit anderen rummacht?«

»Vielleicht muss man das einfach akzeptieren.«

»Das möchte ich aber nicht.«

»Ich denke, du hast keine Wahl.«

Sie zermarterte sich den Kopf, ob sie Hans darauf ansprechen sollte, was sie gesehen hatte. Natürlich sah es Barbla richtig. Die Männer hatten das Sagen.

Aber konnten sich Männer deshalb einfach Weiber nehmen, wann und wie sie wollten? Waren Männer etwas Besseres als Weiber? Sie waren doch beides Gottes Geschöpfe.

Sie musste an den Abend im Schopf beim Brunnen denken. Ihr wurde ganz heiß. Und dann landeten Frauen wegen Ehebruchs am Pranger. Damit wollte sie sich nicht abfinden.

Anna Catrina ging zu Hans, der gerade einen Kräuterschnaps getrunken hatte, an den Tisch und sprach ihn auf den Geheimgang an.

»Du hast mir hinterherspioniert?« Hans schlug mit der Faust auf den Tisch.

»Ich weiß, dass es nicht richtig war.«

»Nein, das war es wirklich nicht.«

»Aber von dir war es auch nicht richtig.«

»Was geht dich das überhaupt an?«

»Ich dachte, als du mich gefragt hast, nach Chur zu kommen, dass du es ernst meinst.«

»Ich sehe nicht, was das miteinander zu tun hat.«

»Vielleicht, dass man sich vertrauen kann?«

»Ich nehme noch einen Kräuterschnaps.« Er wandte sich von ihr ab.

Anna Catrina stand auf und ging in die Küche. Sie kam mit einem kleinen Becher zurück. Für sich selber nahm sie nichts.

»Da, bitte.« Sie stellte den Schnaps vor ihn hin. Er bedankte sich nicht.

»Ich dachte, du seist mir wohlgesonnen«, fuhr sie fort.

»Das bin ich auch. Aber deshalb kannst du mir noch lange nicht sagen, was ich zu tun oder zu lassen habe.«

»Wenn das so ist …«, sagte Anna Catrina.

»Wenn was so ist?«

»Dann werde ich nicht mit dir nach Chur kommen.«

»Was bist du nur für eine eingebildete Schnepfe.« Er wurde laut, die anderen Gäste im Lokal wandten den Kopf.

»Das kann gut sein«, sagte sie ruhig.

Hans schoss auf, so dass der Stuhl kippte und scheppernd zu Boden fiel. Dann verließ er das Lokal.

Die anderen Gäste begannen zu murmeln. Einer sah Anna Catrina böse an.

Eine Diebin, die nun auch noch die Männer vertrieb. Das dachten die nun.

»So wird man, wenn man keinen Vater hat«, sagte ein Mann, den sie nie zuvor in Ilanz gesehen hatte. Anna Catrina erhob sich und stellte sich vor ihn hin. Wahrscheinlich ein Handwerker auf der Suche nach Arbeit.

»Was habt Ihr gesagt?«, sprach sie den Mann an.

»So wird man, wenn man keinen Vater hat.«

»Wie meint Ihr das?«

»Muss ich dir das noch erklären? Das wissen doch alle hier«, er deutete in die Runde, »dass du ohne Vater aufgewachsen bist.«

»Und wieso kennt Ihr mich?«

»Weil ich deinen Vater kenne.«

»Ihr wisst, wer mein Vater ist?,« fragte sie etwas zu laut.

Nun schauten auch die anderen den Mann neugierig an.

»Wenn du Anna Catrina bist, was mir diese ehrenwerten Männer hier verraten haben, dann ja.« Die Runde lachte.

»Das glaube ich Euch nicht.« Sie wandte sich ab, doch er hielt sie am Arm zurück.

»Lasst mich los. Ihr wollt Euch doch nur wichtig machen.«

»Und was ist mit dem hier?« Er griff in seine Jackentasche und holte ein Amulett heraus. Oder vielmehr die Hälfte eines Amuletts. »Erkennst du das?«

Anna Catrina erstarrte. Sie zog die Kette mit dem halben Amulett aus ihrer Bluse. Griff nach der zweiten Hälfte, die ihr der Mann entgegenhielt und fügte die beiden Teile zusammen. Sie passten.

»Wo habt Ihr das her?«

»Von deinem Vater.«

»Von meinem Vater? Wieso hat er Euch das gegeben? Habt Ihr ihm das etwa abgenommen? Wo ist er? Ist er tot?«

»Es war vor etwa fünf Jahren. Wir haben für den König von Frankreich gegen die Niederlande gekämpft. Jon wurde verwundet.«

»Jon wer?«, wollte Anna Catrina wissen.

»Jon Mathiu. – Eine Lanze hat ihn durchbohrt.« Er deutete auf seine Brust. Anna Catrina blickte beiseite.

»Sah übel aus. Er hat es nicht überlebt. Bevor er starb, hat er mir das hier gegeben.« Er deutete auf die Amuletthälfte, die vor Anna Catrina auf dem Tisch lag. »Ich solle das seiner Tochter bringen. Es war sein letzter Wunsch und ich habe ihm versprochen, dem nachzukommen. Ich habe es die ganzen Jahre aufbewahrt, und als ich nach Ilanz kam, da sah ich es als meine Pflicht, dich zu suchen und es dir zu übergeben.«

Anna Catrina fügte die beiden Hälften noch einmal zusammen. »Aber das kann doch nicht sein. Er soll tot sein, sagt Ihr? Und deshalb habt Ihr mich gesucht, nur, um mir das zu sagen?«

»Manchmal ist es gut, wenn man Gewissheit hat.«

»Wenn man die Gewissheit ertragen kann.«

»Aber du bist doch ein starkes Weib.«

Am liebsten hätte sie dem Mann das Amulett um die Ohren gehauen. Wer meinte er wohl, dass er sei? Behauptet einfach, ihr Vater wäre tot? Jetzt, wo sie ein Zeichen von ihm hatte, ja sogar wusste, wie er hieß?

»Dann wisst Ihr, wo er begraben liegt?«

»Das weiß ich nicht. Wohl in einem Massengrab. Der Krieg ...«

»Ich glaube Euch nicht. Mein Vater ist nicht tot.« Sie nahm die beiden Amulett-Hälften und hielt sie an ihr Herz. »Das spüre ich. Er lebt.«

»Wenn du mir nicht glauben willst, dann kann ich dir auch nicht helfen.«

»Ihr hättet gar nicht erst hierherkommen sollen.«

»Schade, dass du das so siehst. Aber wenn du mir nicht glaubst, dann versuch es doch mal in der Werbestube.«

»Welche Werbestube?«

»Wir wurden damals von denen ausgehoben. Nach der Rückkehr musste man sich wieder da melden. Die haben Listen geführt. Wollten wissen, wer es wieder zurückgeschafft hat und wer nicht.«

»Und wo ist diese Stube?«

»In Chur.«

Schon wieder dieses Chur. Sie musste dahin. Aber wie? Als Frau alleine dahin zu reisen, war schwierig. Ja, fast unmöglich. Sollte sie doch mit Hans mitgehen? Trotz allem, was er ihr angetan hatte?

KAPITEL 12

Hast du schon gehört?«

Anna Catrina war gerade dabei, ein Bündel Holz in den Ofen zu schieben, als Barbla in die Küche platzte.

»Was soll ich gehört haben?« Anna Catrina öffnete den Schieber zum Kamin und zündete das Bündel an.

»Dorothea von Planta. Sie geht ...« Barbla starrte auf den Ofen.

»Sie geht?«

»Wieso heizt du den Ofen ein, mitten im Sommer?«

»Weil Brida einen Kuchen backen möchte. Hast du etwas dagegen?« Sie öffnete die Klappe an der Ofentür, damit es besser zog.

»Nein, natürlich nicht.«

»Und wo geht Dorothea von Planta hin?«

»Nach Chur! Und ich darf sehr wahrscheinlich mit.«

»Was heißt sehr wahrscheinlich? Hat sie dich nicht gefragt?«

»Nein, aber wen soll sie sonst mitnehmen?«

In diesem Augenblick erschien Dorothea von Planta unter der Küchentür. »Barbla, hast du nichts zu tun?«

»Ich möchte dich sprechen«, sagte sie an Anna Catrina gewandt. »Kommst du mal kurz in meinen Salon?«

»Ich muss in Chur verschiedene Besorgungen machen, deshalb …«

Anna Catrina hielt die Luft an.

»… möchte ich, dass du Barbla in der Zwischenzeit hier vertrittst.«

»Aber kann ich nicht auch …?«, schoss es aus ihr heraus.

Dorothea von Planta sah sie streng an. »Wir machen keine Vergnügungsreise, bei der jeder mitkommen kann. Ich brauche Barblas Dienste in Chur, deine brauche ich hier.«

»Aber, ich muss nach Chur …«

»Nichts aber. Du darfst dich entfernen.«

Enttäuscht ging Anna Catrina in die Küche zurück. Schon von weitem hörte sie Brida schimpfen. Jetzt wusste sie auch wieso. Rauch stieg ihr in die Nase.

Aber sie hatte doch den Schieber aufgemacht.

Mit rotem Kopf kam ihr die Köchin entgegen. »Bist du nicht mal dazu fähig, den Ofen einzuheizen?«

»Aber das kann nicht sein, ich habe den Schieber geöffnet.«

»Und wieso war er dann zu, als ich nachschaute, woher dieser Qualm kam? War der Stadtbrand vor zweihundert Jahren nicht genug?«

Anna Catrina hörte hinter sich ein Kichern. Ein Schatten huschte die Treppe hinauf. Cäcilia!

Sie rannte hinter ihr her, in den oberen Stock. Sah gerade noch, wie sie in ihrem Zimmer verschwand und die Türe zuschlug.

Anna Catrina wäre am liebsten hinterhergestürmt, aber sie hielt inne und klopfte.

»Ja?«, kam es unschuldig aus dem Zimmer.

Sie stieß die Türe auf. »Das machst du nicht noch …«

Dorothea von Planta sah sie überrascht an. Sie war gerade dabei, Cäcilia die Haare zu flechten.

»Wie bitte?«

»Entschuldigt, ich dachte …«

»Du sollst nicht denken, du sollst arbeiten.«

»Wie Ihr meint.«

»Ich muss da hin, so versteh doch!« Anna Catrina verscheuchte ein dicke Fliege, die ihr schon die ganze Zeit um den Kopf surrte. Sie saßen am hinteren Eingang der Casa Gronda auf der Treppe. Etwas, das sie sich nur erlauben konnten, wenn Dorothea von Planta nicht im Hause war.

»Ich versteh es ja, wie wichtig es dir ist, deinen Vater zu finden. Aber ich kann für dich in diese Werbestube gehen und nachfragen. Das würd ich bestimmt tun.«

»Aber vielleicht wohnt er ja da und dann könnte ich ihn gleich aufsuchen.« Sie blickte auf die Stallungen, die sich entlang der Stadtmauer aneinanderreihten.

»Dein Vater kann überall sein. Wenn er noch lebt.«

Anna Catrina schwieg. Sie schaute der Fliege zu, die auf ihrem Rock gelandet war.

»Entschuldigung, das habe ich nicht so gemeint.« Barbla strich ihr über den Rücken.

»Schon gut.«

»Ich war auch noch nie in Chur. Für mich ist das eine einmalige Möglichkeit. Und ich verspreche dir, ich werde alles daran setzen, um deinen Vater ausfindig zu machen.«

»Und wenn du ihn gefunden hast, was dann? Er kennt dich ja gar nicht.« Sie versuchte, die Fliege mit der Hand zu fangen, doch das Insekt war schneller.

»Meinst du, dich würde er wiedererkennen? Nach so vielen Jahren? – Du kannst mir ja das Amulett mitgeben.«

»Das geb' ich nicht her.« Sie griff sich an die Brust.

»Sei nicht so stur!«

»Ich bin nicht stur, du bist eine schlechte Freundin.«

»Dorothea von Planta wäre sowieso nicht einverstanden, dass wir tauschen, auch wenn ich einwilligen würde.«

»Du kannst ja sagen, du wärst verhindert.«

»Wie verhindert?«

»Krank? Unpässlich? Was weiß ich.«

»Anna, ich werde nach Chur gehen. Ob es dir passt oder nicht.«

Der Tag der Abreise rückte immer näher. Und Anna Catrina wurde immer nervöser. Hans war bereits vor einer Woche abgereist. Sie hatte ihn nach jenem Abend in der Gaststube nicht mehr gesehen. Nun war Dorothea von Planta die letzte Möglichkeit, nach Chur zu kommen. Sie hatte ihre Freundin nicht überzeugen können, obwohl sie ihr täglich in den Ohren lag. Barbla blieb stur. Anna Catrina verstand sie nicht. Schließlich ging es hier nicht nur um einen Ausflug. Es ging um ihren Vater, ihre Herkunft, ihre Familie. Sie hoffte, endlich einen Hinweis zu finden, wer ihr Vater war, wieso er ihre Mutter verlassen hatte. Sie wollte wissen, von wem sie abstammte. Oder zumindest die Gewissheit haben, dass er tot war. Auch wenn sie das immer noch nicht glaubte.

Draußen war es schon ziemlich hell. Schnell stand Barbla auf, streifte ihr Nachtgewand ab. Dabei hatte sie am Abend absichtlich viel Wasser getrunken, damit ihre Blase sie wecken und sie ja nicht verschlafen und die Abreise verpassen würde.

Barbla ging zum Fenster und schaute in den Hof. Keiner war zu sehen. Im Haus war alles still.

Sie schüttete die Schale mit dem alten Wasser aus dem Fenster und goss aus dem Krug frisches Wasser nach. Dann tunkte sie ein Tuch hinein und wusch sich das Gesicht, unter den Armen und zwischen den Beinen. Sie zog sich rasch an, die Bluse, das Kleid und die Schürze. Beinahe hätte sie die Haube vergessen. Sie trat zur Tür und drückte die Klinke. Es war abgeschlossen.

Sie musste sich gestern Abend eingeschlossen haben.

Barbla wollte den Schlüssel drehen, doch da steckte gar keiner im Schloss. Sie drückte nochmals die Klinke, rüttelte an ihr. Aber die Tür machte keinen Wank. Sie rief und klopfte. Niemand schien sie zu hören.

Jemand hatte sie eingesperrt.

Anna Catrina war heute absichtlich früh aufgestanden. Sie wollte sich die Abfahrt von Dorothea von Planta und Barbla nicht entgehen lassen.

Dabei hätte sie es fast nicht geschafft. Kurz nach dem Aufstehen wurde ihr so schlecht, dass sie sich erbrechen musste. Das war bereits das zweite Mal, dass ihr das am Morgen passierte. Hatte sie etwas Schlechtes gegessen? Auch die Blutungen hatten ausgesetzt. Sie versuchte sich zu erinnern, was ihr ihre Tante kurz bevor sie verbannt wurde, erzählt hatte. Dass bei einer Schwangerschaft die Blutungen aussetzten. War sie etwa schwanger? Von Balzer?

»Was machst du hier und wo ist Barbla?«, riss Dorothea von Planta sie aus ihren Gedanken. Sie lief nervös neben dem Zweispänner auf und ab. Der Knecht saß bereits auf dem Bock. Die Pferde schnaubten nervös, stampften mit den Hufen, schüttelten den Kopf, um die Fliegen abzuwehren.

»Ich wollte mich nur verabschieden. Ist Barbla denn nicht hier?«

»Siehst du sie irgendwo?«

Anna Catrina schaute sich um. »Nein. Soll ich mal im Haus nachschauen?«

»Dafür haben wir keine Zeit.« Sie winkte dem Knecht, er sprang vom Wagen herunter und half Dorothea von Planta aufzusteigen.

»Ich werde mich wohl oder übel mit dir begnügen müssen. Komm, steig auf!«, rief sie Anna Catrina zu.

»Ich?«

»Wer denn sonst.«

»Aber Barbla … – Wollt Ihr nicht noch warten?«

»Nein, wir müssen los. Sonst schaffen wir es nicht, vor Sonnenuntergang in Chur zu sein.«

»Aber ich habe doch gar nichts …«

»Möchtest du jetzt mit oder nicht?«

Anna Catrina schaute zum Haus. Keine Barbla war zu sehen. Sie raffte ihren Rock und stieg auf den Wagen.

Sie kamen nur langsam vorwärts. Der Weg war an einigen Stellen so schlecht, dass alle absteigen mussten und der Knecht die Pferde führte. Einmal musste Anna Catrina beim Schieben helfen, weil ein Rad in einem Erdloch feststeckte.

Eigentlich wollten sie den neueren Weg über Schluein, Laax und Flims nehmen. Doch ein Erdsturz hatte ihn im Frühjahr zerstört. Es blieb ihnen also nichts anderes übrig, als durch die Ruinaulta, die Rheinschlucht, zu gehen.

Die erste Zeit saß Anna Catrina hinten im Wagen, doch sie ging lieber zu Fuß, als sich durchschütteln zu lassen. So konnte sie auch besser die Landschaft betrachten. Die bewaldeten Berghänge, die bis ins Tal reichten. Der Rhein, der durch die Ebene mäanderte und sich je nach Wasserstand immer wieder neue Wege suchen musste.

Kurz nach Ilanz trafen sie einen Bauern, der Heu geladen hatte und auf dem Heimweg war. Später kamen ihnen einige Händler entgegen. Sie wechselten mit dem Fahrer ein paar Worte und grüßten die Frauen. Bei Castrisch überquerten sie den Rhein. Die Brücke bestand aus Holzlatten. Ein Geländer fehlte. Anna Catrina trat an den Rand und beobachtete das tosende Wasser, das unten durchfloss. Feine Tröpfchen ließen sich auf Gesicht und Unterarmen nieder.

Das Tal wurde immer enger, die Berge immer höher. Anna Catrina war noch nie in der Rheinschlucht gewesen. Der Anblick war überwältigend. Weiße Kalksteinfelsen schossen wie Kirchtürme vor ihr in die Höhe. Spitz stachen sie in den Himmel. Die Felsen waren so zerklüftet, dass sich furchige Täler dazwischen gebildet hatten, in denen Steine herunterrieselten. An einigen Stellen klammerten sich Föhren an den losen Untergrund.

Genau so kam sie sich vor. Wie eine jener Föhren. Die nicht genug Humus hatten, um ihre Wurzeln einzuschlagen und deshalb Luftwurzeln bilden mussten, die ungeschützt da lagen. Die jederzeit von einem Windstoß oder einem Steinschlag in die Tiefe gerissen werden konnten. Nicht wie die Tannen im Wald, die ihre Wurzeln tief in den Boden geschlagen hatten. So eine wäre sie gerne gewesen.

Gegen Mittag hatten sie die Rheinschlucht durchquert. Bei Reichenau flossen der Vorder- und der Hinterrhein zusammen. Die Ströme hatten eine unterschiedliche Farbe – der eine braun, der andere grünlich. Erst etwas weiter unten vermischten sie sich.

Auf der Höhe von Ems machten sie Halt. Anna Catrina breitete ein Tuch aus und verteilte das Essen, das Brida am Vorabend eingepackt hatte.

Dorothea von Planta hatte mit ihr auf der ganzen Reise kein Wort gesprochen. Auch jetzt aß sie schweigend. Anna Catrina getraute sich nicht, sie anzusprechen.

Der Knecht saß etwas abseits in der Nähe der Pferde, die er ausgeschirrt hatte und die friedlich grasten. Anna Catrina brachte ihm Käse und Brot. Dann setzte sie sich in die Nähe ihrer Herrin.

»Ist es wegen Meister Hans?«, fragte Dorothea von Planta plötzlich.

Anna Catrina hatte soeben einen Bissen Brot genommen und verschluckte sich. »Bitte entschuldigt.« Sie hustete. »Was ist wegen Meister Hans?«

»Dass du unbedingt mitkommen wolltest.«

Ob sie wusste, dass er sie gefragt hatte, ob sie seine Frau werden wolle?

Am liebsten hätte Anna Catrina Dorothea von Planta gefragt, ob *sie* wegen Hans nach Chur fahre, aber sie verkniff sich die Frage. »Nein, es ist wegen …«

Sollte sie Dorothea von Planta sagen, dass sie nach ihrem Vater suchte? Vielleicht könnte sie ihr mit ihren Verbindungen helfen, ihn zu finden. Aber würde sie das nicht ausnutzen? Anna Catrina traute ihr nicht. Sie hatte sie bereits einmal verraten.

»Ich möchte lediglich einmal nach Chur gehen. Das muss da sehr schön sein. Die Kathedrale oder das Haus Buol, das gerade gebaut wird. Davon hat mir ... Davon hat man mir erzählt.«

»So, so«, sagte Dorothea von Planta. »Meister Hans hat dir also davon erzählt. Wollte er, dass du mit ihm nach Chur kommst?«

Anna Catrina wäre am liebsten im Boden versunken. Was sollte sie darauf antworten? Und was ging das Dorothea von Planta überhaupt an? Wollte sie herausfinden, ob Hans noch frei war? Oder wollte sie Anna Catrina lediglich demütigen?

Dorothea von Planta sah sie an. Sie wartete auf eine Antwort.

»Ich bin Eure Magd«, begann Anna Catrina. »Aber ich bin auch ein freier Mensch. Mein Privatleben geht nur mich etwas an.« Sie staunte selber über ihre Worte.

»Ein freier Mensch. In der Tat, da hast du recht. Ich wollte dir auch nicht zu Nahe treten. Ich wollte nur wissen, ob ich dir vielleicht behilflich sein kann.«

Indem du mit ihm ins Bett steigst, dachte Anna Catrina.

»Du bist noch jung und kennst dich mit Männern nicht aus.«

»Ich gehe nicht wegen Meister Hans nach Chur«, sagte Anna Catrina so trotzig, dass Dorothea von Planta denken musste, sie lüge sie an.

»Wie du meinst. – So, wir müssen weiter.« Dorothea von Planta erhob sich. Sie bedeutete dem Knecht, die Pferde wieder vor den Wagen zu spannen.

Noch etwa einen halben Tag und das alte Weib war zu Hause. Sie wusste nicht, wie sie es bis hierher geschafft hatte. Vielleicht die Sehnsucht nach den Bergen, nach der Heimat. Doch bestimmt die Sehnsucht nach ihrer Nichte. Sie spürte, dass es langsam mit ihr zu Ende ging, das sie nicht mehr viel Zeit hatte. Sie musste etwas wiedergutmachen. Sie musste es der Nichte sagen. Das war sie ihr schuldig. Auch wenn es ihre Schwester nicht gewollt hätte.

Als sie den Rhein gesehen hatte, waren ihr die Tränen gekommen. Sie hatte sich ans Ufer gekniet, ihre Hände ins Wasser getaucht und damit das Gesicht gewaschen. Am liebsten wäre sie hineingesprungen. Doch der Fluss ging in die falsche Richtung.

Von Haldenstein bis Ems durfte sie mit einem Fuhrwerk mitfahren. Sie hatte Glück. Ein alter Bauer. Auf der Fahrt war sie wieder etwas zu Kräften gekommen. Er hatte ihr ein Stück Brot mit auf den Weg gegeben. Das war bereits gegessen. Ein weiteres Fuhrwerk kam ihr entgegen. Sie trat zur Seite. Etwas vom Weg entfernt erblickte sie zwei Frauen. Eine war dabei, etwas zusammenzuräumen. Die andere stand da und blickte zum Knecht, der die Pferde vor den Wagen spannte. Sie blieb stehen und betrachtete die friedliche Szenerie.

Chur schien schon von weitem grösser und glanzvoller als Ilanz zu sein. Die Stadtmauer war durchgehend und unbeschädigt. Anna Catrina zählte vier Kirchtürme. Derjenige zuoberst musste zur Kathedrale gehören. Das hatte ihr Hans erzählt. Und dass Chur reformiert war, obwohl der Bischof hier seinen Sitz hatte. Wie Ilanz hatte auch Chur unter den Bündner Wirren gelitten, die Zerstörung und Seuchen gebracht hatten. Doch seit deren Ende um 1639 war es wieder ruhiger und Chur konnte sich auf den Handel konzentrieren.

Als sie durchs Obertor fuhren, bestätigte sich

Anna Catrinas erster Eindruck, dass es hier ziemlich anders war als in Ilanz. Die Straßen waren gefegt, das Kopfsteinpflaster glänzte. Sie fuhren durch die obere Gasse bis zum St. Martinsplatz, dann bogen sie links in die Reichsgasse ein und kurz danach nach rechts in die Rabengasse. Ziel war das Haus Pestalozza an der Rabengasse. Hier residierte eine Base von Dorothea von Planta. Ein stattliches Haus mit Grisaille-Dekorationen um die Fenster.

Anna Catrina teilte sich ein Dachzimmer mit zwei anderen Mägden. Sie stellte ihr Bündel auf die Bettstatt und stieg die Treppen hinunter, um ihre Herrin zu fragen, ob sie noch etwas für sie tun könne. Diese verneinte und gab ihr die Anweisung, ihr morgen bei der Toilette behilflich zu sein.

Während die Herrschaften im Salon das Abendessen einnahmen, gab es für das Gesinde in der Küche einen Topf Schmalzmus. Anna Catrina wollte sich danach zur Ruhe legen, doch sie konnte nicht schlafen. Die eine Magd, die ältere, schnarchte. Erst als es hell wurde, dämmerte sie weg.

KAPITEL 13

Am Vormittag gehen wir zusammen auf den Markt, am Nachmittag mache ich eigene Besorgungen, da kannst du tun und lassen, was du möchtest«, sagte Dorothea von Planta.

Sie würde diese Werbestube suchen, dachte Anna Catrina. Aber wie sollte sie vorgehen? Dorothea von Planta konnte sie nicht um Hilfe bitten. Eine der beiden Mägde hatte ihr gesagt, sie solle den Wirt im »Ochsen« fragen. Der wisse über alles Bescheid.

Der Markt auf dem St. Martinsplatz war um einiges grösser als jener in Ilanz. Und es gab so ziemlich alles zu kaufen, was man sich vorstellen konnte. Tuch, Bänder, Salz, Wein, Gänse, Brot, Fleischwaren, Werkzeuge wie Äxte und Beile oder Heu- und Mistgabeln, auch einzelne Ziegen meckerten herum. Ein paar Gaukler führten Kunststücke auf.

Dorothea von Planta steuerte zielstrebig auf den Stand mit den Stoffen zu. Einer war schöner als der andere. Der Händler rollte einen Ballen ab und hielt Dorothea das Tuch hin.

»Ein ganz feines Baumwollstöffchen, das ist das Beste, was wir zurzeit haben.«

»Ein wirklich schöner Stoff. Ich brauche sechs Ellen. Was kostet das?«, fragte Dorothea.

»Zwei Kreuzer die Elle.«

»Das ist ja Wucher.«

»Qualität hat ihren Preis. Aber ich mache Euch einen Spezialpreis. Zehn Kreuzer für die sechs Ellen.«

Dorothea hob die Augenbrauen. »Gut. Aber dann gebt mir noch von diesen Bändeln da dazu.«

Der Händler rollte den Ballen ab, maß mit einem Holzstab die sechs Ellen, schnitt den Stoff ab und rollte ihn zusammen.

»Und was darf ich dem jungen Frauenzimmer geben?«

»Danke, ich brauche nichts.«

»Wir hätten da einen günstigen, etwas roheren aber auch schönen Wollstoff. Der würde Euch gut zu Gesicht stehen.« Er kam um den Stand herum und hielt einen grünen Stoff vor Anna Catrina hin. Sie schaute an sich herunter.

»Wir haben hier auch einen Spiegel.«

Das Grün stand ihr wirklich gut. Doch da war noch etwas anderes, das sie im Spiegel entdeckte. War das nicht Hans, der hinter ihr stand und sie betrachtete? Schnell drehte sie sich um. Doch er war nicht mehr zu sehen.

Offenbar hatte sie sich das nur eingebildet.

Sie schüttelte an den Händler gewandt dankend den Kopf. Er rollte den Stoff enttäuscht wieder ein.

Dorothea von Planta kaufte noch weiteren Stoff für die Kinder und geräuchertes Fleisch.

Nicht gerade viele Einkäufe, fand Anna Catrina. Schließlich waren sie deswegen nach Chur gefahren. Aber vielleicht hatte ihre Herrin noch etwas anderes vor.

Sie wollten den Markt gerade verlassen, als plötzlich Hans vor ihnen stand. Er schien ebenso erschrocken zu sein wie sie.

»Dass ist ja eine Überraschung.« Dorothea von Planta fasste sich als erste, während Anna Catrina auf ihre Schuhe blickte. »Wie geht es denn so? Was macht die Arbeit, Meister Hans?«

»Ich habe gerade einen neuen Auftrag erhalten«, antwortete Hans. »Das Haus Buol. Ein sehr schönes Haus. Natürlich nicht so schön wie das Ihre ...«

»Aber natürlich.« Dorothea von Planta lächelte.

Anna Catrina schielte leicht nach oben. Hans sah sie an. Schnell blickte sie wieder zu Boden.

»Ich lass euch mal kurz alleine«, sagte Dorothea von Planta und wandte sich einem Fischstand zu.

»Wie geht es dir?«, fragte Hans.

Anna Catrina schaute ihn an. »Gut und dir?«

»Viel Arbeit.«

»Bei mir auch.«

»Ich war so überrascht, euch beide in Chur zu sehen«, sagte Hans.

»Vor allem uns beide. Zusammen.«

»Nun fang nicht schon wieder damit an. Ich dachte, wir hätten das …«

»Nein, das haben wir nicht«, fiel ihm Anna Catrina ins Wort.

»Also gut.« Er trat von einem Bein aufs andere. »Anna, es tut mir wirklich leid. Es war nicht richtig. Es hat mir auch nichts bedeutet. Sie bedeutet mir nichts. Im Gegensatz zu dir.«

»Das sagst du jetzt einfach so.«

»Nein. Es ist die Wahrheit.«

»Deine Wahrheit vielleicht. Meine nicht. Aber …«

Plötzlich schnitt ihr etwas messerscharf in die Kehle, jemand riss an ihrer Kette. Panisch griff sie danach, doch die Kette drückte ihr die Luft ab, fraß sich in ihren Hals, sie bekam sie nicht zu fassen. Hilfe suchend blickte sie sich nach Hans um. Mit weit aufgerissenen Augen sah er sie an. Erst jetzt schien er zu begreifen, was überhaupt geschah. Er machte einen Schritt zur Seite und holte aus. Anna Catrina hörte hinter sich ein Knacken von Knochen. Dann schnitt die Kette noch stärker in ihren Hals, sie wurde zu Boden gerissen, die Kette gab nach. Hustend versuchte sie Luft zu bekommen, ihr Herz raste. Sie griff nach dem Amulett, es war noch da.

Erst nach einem Moment gelang es ihr, sich aufzurappeln. Sie blickte sich um. Vor ihr lag ein Mann. Blut tropfte aus seiner Nase. Über ihm Hans. Dieser holte nochmals aus. Die Faust traf den Mann mitten ins Gesicht. Er blieb reglos liegen. Einige Passanten waren stehen geblieben und bildeten einen Kreis.

»Was ist denn hier passiert?« Dorothea von Planta war aus der Menschenmenge aufgetaucht. Sie schaute entsetzt.

»Dieser Mann wollte mich bestehlen.« Anna Catrina erhob sich und wischte den Straßenstaub vom Kleid. Sie zeigte auf den Mann, der ausgestreckt auf dem Boden lag.

»Und was ist mit Euch?« Dorothea von Planta ging auf Hans zu, der im blutigen Hemd vor ihr stand und legte ihm die Hand auf die Schulter. Er wehrte sie ab.

»Alles in Ordnung. Das ist sein Blut.« Er deutete auf den am Boden Liegenden.

Dorothea von Planta schaute sich um. »Wir gehen besser, bevor die Weibel kommen.« Und schon war sie zwischen den Menschen verschwunden.

Gottseidank hatte ihr der Dieb das Amulett nicht gestohlen. Anna Catrina war unendlich froh. Eigentlich wollte sie den Wirt vom »Ochsen« aufsuchen, aber das hatte noch Zeit. Sie musste wissen, was Dorothea von Planta vorhatte. Sie traute ihr nicht. Traf sie sich etwa heimlich mit Hans?

Als ihre Herrin das Haus Pestalozza verließ, schlich sie ihr nach. Sie ging zum St. Martinsplatz. Dann an der Kirche vorbei eine Gasse hinauf. Das Haus, das Dorothea von Planta betrat, lag auf der rechten Seite. Es sah sehr stattlich aus. Wenn auch nicht so groß wie die Casa Gronda. Vorne hatte es einen Erker, über der Tür ebenfalls einen gesprengten Giebel mit einem Wappen. Anna Catrina wartete eine ganze Weile. Sie überlegte, ob es wirklich klug war, was sie hier machte. Dann ging sie ihrer Herrin nach. Die Türe war unverschlossen. Sie stand in einem geräumigen Treppenhaus. Von oben hörte sie Stimmen. Frauenstimmen. Sie schlich die Treppe hinauf. Eine Tür war nur angelehnt. Dorothea von Plantas Stimme drang aus dem Raum. Anna Catrina ging näher heran, späte durch den Türspalt. Sie sah Dorothea von Planta in einem mit einer reich verzierten Tapete ausgekleideten Raum auf einem gepolsterten Stuhl sitzen, dann noch zwei andere Frauen, die mit dem Rücken zu Anna Catrina saßen, eine mit dunklem und eine mit hellem Haar.

»Und was meinst du dazu, Hortensia?« fragte Dorothea von Planta gerade die Frau mit den hellen Haaren.

»Lass sie doch erst mal weiter vortragen«, entgegnete die blonde Frau, die eine ziemlich junge Stimme hatte und offenbar Hortensia hieß.

»Ja, lies weiter, meine Liebe ... Oder soll ich

dich einfach Camilla nennen?« Dorothea von Planta lachte.

Camilla begann zu lesen: »*Ach! Wer wollte nicht alles anwenden einem Schatz zu gefallen, dessen Vollkommenheit alle unsere Gebrechen bedeckt! In ihm finden wir das Meer, so alle Funcken der Einfalst verschlinget: Er ist die Sonne, so alle Nebel der Mißverständnus vertreibet, das Feur, so allen Kummer verzehret, der Wind, der alle Threnen aufftrocknet, die Güte, so alle Fehler verzeihet und die Großmuth, so alles versehen übersihet, die Gedult, so allem Argen vorkommet und endlich die Liebe, so uns mit ewiger Gnad umfangt.*«

»Meine liebe Base, was ist denn in dich gefahren? Meinst du das wirkl...«, fragte Dorothea von Planta.

»Jetzt lass sie doch mal weiterlesen«, fiel ihr Hortensia ins Wort.

»Ich habe nicht den weiten Weg gemacht, um mir das anzuhören«, entgegnete Dorothea von Planta.

»Lies doch mal den Abschnitt mit dem Mehl vor«, sagte Hortensia.

Camilla las weiter. »*Der Ehstand ist ins gemein ein Beutel-Sack, welcher das Mehl durchwirft und die Kleyen behaltet und werden die gesünder bleiben, die sich von dem Ersteren nehmen und das Andere fahren lassen.*«

»Das klingt schon besser«, hörte Anna Catrina Dorothea von Planta sagen.

»Und deshalb werde ich mich auch nie verheiraten. Da ziehe ich die Einsamkeit vor. Einsamkeit, die zugleich aber auch Unabhängigkeit und Freiheit bedeutet«, fuhr Camilla fort.

»Freiheit. Welch' großes Wort, meine Liebe«, sagte Dorothea.

»*Wer einen Mann nimmet, ist nicht mehr sein selbst, sonder verkaufft seine Freyheit.*

Ich kann nicht aussinnen, wie es möglich, daß so wenig Leuth Reflexion machen, daß auch hierinn ihnen die Freyheit eine unaussprechliche Vergnügen gönnet, die sie in ihrem Ehestand nimmer geniessen werden. In diesem werden sie gezwungen, alle geistreiche Ergetzungen, wie Polycrates seinen Ring, in das Meer der Haußhaltung zu werffen und sich nur Übungen angelegen seyn lassen, die weder den Geist auffmunteren, noch das Gemüth erfrischen.«

»Ja, das mit dem Haushalt.« Hortensia seufzte. »Hat nicht mal jemand Gescheites gesagt, dass Weib ist für die Innenpolitik zuständig, der Mann für die Außenpolitik? Finde ich keine schlechte Verteilung.«

»Findest du? Und woher glaubst du, kommt der Name Frauenzimmer? Weil sie die Kammer hüten müssen und nicht weiter gehen dürfen, als ihnen ihr Gefängnis erlaubt«, entgegnete Camillla.

»Wenn man die Bereiche von freier Hand gestalten könnte, dann vielleicht nicht«, erwiderte Dorothea von Planta.

»Aber das kannst du doch. Du hast ja ein ganzes Haus gebaut, ohne deinen Gemahl.«

War das jetzt Camilla oder Hortensia, die sprach? Anna Catrina konnte die beiden Frauenstimmen nur schwer auseinanderhalten.

»Ja, aber nur, weil er abwesend war. Wäre er da gewesen, dann hätte ich kein Wort zu sagen gehabt. So blieb ihm nichts anderes übrig und mir auch nicht.«

»Wenigstens hat er dir freie Hand gelassen.« Das war Hortensias Stimme.

»Sonst hätte ich keinen Finger gerührt.«

»Das ist nicht selbstverständlich. Viele sehen das Weib immer noch als Fehlkonstruktion des Mannes«, sagte Camilla. »Oder als unvollendeten Mann.«

Plötzlich hörte Anna Catrina ganz hinten im Gang ein Geräusch. Sie stand auf, drückte sich platt an die Wand. Die Schritte verhallten. Sie schlich wieder zur Tür.

»Seht euch doch mal das an.« Camilla stand auf und stellte ein Bild auf den Kaminsims. Darauf war eine Frau abgebildet. Mit riesigem Bauch. »Die Frau als Gebär-Machina. Gerade gut genug, um die Kinder zu säugen und aufzuziehen«, sagte Camilla. »Und das Gehirn ist auch unterentwickelt«, fuhr Camilla fort. »Deshalb ist es auch wichtig, dass die Weiber auf eine gute Bildung Wert legen. Und nicht nur ein bisschen Mathematik und schöne Wörter können. Gerade das Latein öffnet viele Quellen. Kann man es nicht, ist man verloren. Ich habe dazu auch etwas geschrieben.

Das ist gewiß, daß die Weiber niemal mit Grund von den schwersten Sachen werden reden konnen, wann sie nicht der lateinischen Sprach erfahren, wiewol von sonsten meynen sollte, die Weisheit könnte alle Sprachen reden. Indessen aber ist das, was man uns in der Jugend underweiset, so nichts und das, was wir aus uns selbst begreiffen, so unvollkommen, daß, wo wir mit disen Flüglen allein fliegen wollen, die Reputation unsers Geists mehr ersäufft als in den Himmel gezogen wird«.

»Und was machst du jetzt mit dieser Schrift?«, fragte Dorothea von Planta Camilla.

»Keine Ahnung. Am liebsten würde ich es veröffentlichen, aber wer interessiert sich schon für ein Pamphlet, das ein Weib geschrieben hat?«

»Wahrscheinlich niemand.«

»Vielleicht mal in hundert Jahren.«

»Oder in dreihundert.«

Eine der Frauen lachte.

Wieder ertönten Schritte auf dem Gang. Diesmal kamen sie immer näher. Schnell versteckte sich Anna Catrina in einer dunklen Nische. Duckte sich. Jemand lief den Gang entlang. Sehr wahrscheinlich eine Bedienstete. Diese ging zur angelehnten Tür, schloss sie leise. Dann verschwand sie in der Dunkelheit des Flurs.

Das Weib als Fehlkonstruktion des Mannes und nur zum Gebären da. Mit einem unterentwickelten Gehirn. Der Ehestand als Gefängnis. Diese Weiber sprachen das aus, was Anna Cathrina schon lange fühlte, aber nicht in Worte fassen konnte.

War es ein Wink des Schicksals gewesen, Hans zusammen mit Dorothea von Planta zu erwischen, damit sie ihn nicht heiratete und ihre Freiheit verlor? Gerne wäre sie in dieses Zimmer gegangen. Hätte mit den Weibsbildern mitdiskutiert.

Doch dann hätte sie zugeben müssen, dass sie Dorothea von Planta nachgelaufen war. Sie wäre in diesen eingeschworenen Zirkel eingebrochen. In Dorothea von Plantas Geheimnis.

Der Grund, wieso diese in Wirklichkeit nach Chur wollte, war, ihre Freundinnen zu treffen. Gleichgesinnte, die sich verschwörerisch gegen die Männerwelt auflehnten. Wie gerne hätte sie dazugehört.

Doch sie war aus einem anderen Grund hier. Sie musste ihren Vater finden.

Der »Ochsen« lag in einer Seitengasse. Geduldig erklärte ihr der Wirt, wo sie diese Werbestube finden konnte. Sie lag an der Straße nach Masans.

Die Warteschlange reichte bis auf die Gasse hinaus. Alles junge Männer, die meisten hatten einen Sack oder eine Tasche dabei. Das musste die Werbestube sein.

Anna Catrina überlegte, ob sie sich hinten anstellen sollte. Aber das konnte eine Ewigkeit dauern, die Kolonne bewegte sich kaum vorwärts. Einer hatte sich Tabak rauchend an die Hauswand gelehnt, ein anderer kauerte auf der Türschwelle.

Sie ging direkt auf die Tür zu, die Männer blickten sie an, doch keiner sagte etwas. Der Mann auf der Türschwelle stand auf und ließ sie durch. Sie ging durch einen kurzen Gang und betrat ein Zimmer, wo die Warteschlange vor einem Holztisch endete. Dahinter saß ein Mann, der sie grimmig anblickte. Er hatte stechend blaue Augen, einen grauen langen Bart, sein Gesicht war faltig und von der Sonne gebräunt. Er sah aus wie ein Almhirt, der sich in die Stadt verirrt hatte. Auch die anderen Männer drehten sich nach ihr um, murmelten etwas.

Etwas abseits stand einer mit einem Maßstock. Offenbar mussten die zukünftigen Soldaten eine gewisse Körpergröße aufweisen.

Anna Catrina blieb stehen. Sie überlegte, wieder zu gehen. Dann gab sie sich einen Ruck. Sie trat weiter vor. Das Gemurmel verstummte.

»Du suchst also deinen Vater«, sagte der Mann. Es tönte mehr nach einer Aussage als nach einer Frage.

»Woher wisst Ihr das?«

Der Mann schwieg.

»Wie heißt dein Vater?«

»Jon Mathiu.«

»Komm heute Abend in den ›Ochsen‹. Bis dann weiß ich mehr.«

Der Mann saß zuhinterst in der Schenke. Er winkte Anna Catrina zu sich und bedeutete ihr, sich hinzusetzen. Er schaute sie mit seinen stechend blauen Augen an.

»Woher wisst ihr eigentlich, dass ich meinen Vater suche?«

Der Mann, der sich mit Sturi vorstellte, deutete zum Wirt. Offenbar hatte der ihm bereits alles erklärt.

Anna Catrina zog das Amulett aus ihrer Bluse und zeigte es ihm, die zweite Hälfte klaubte sie aus ihrer Tasche. »Die eine Hälfte hat mir meine Tante gegeben. Die andere ist von meinem Vater, Jon Mathiu.«

Sturi nahm beide Hälften in die Hand und fügte sie zusammen. »Es soll zusammenkommen, was zusammengehört.«

»Wie bitte?«

»Ich weiß, wo du es flicken lassen kannst. In der unteren Gasse hat es einen Schmied. Der versteht sich auch auf kleine Kunstwerke. Der macht dir das für einen guten Preis.«

»Danke für den Hinweis. Aber eigentlich …«

»… suchst du deinen Vater, ich weiß. Nicht alle kommen aus dem Krieg zurück. Und nur selten Verwundete. Die sind meist liegen geblieben. Niemand konnte sich um sie kümmern.«

Anna Catrina senkte das Haupt. Fuhr mit dem Finger einer Kerbe in der Tischplatte nach. »Dann ist er also tot?«

»Das kann man nie mit Sicherheit sagen. Vielleicht wurde er auch gefangen genommen. Seinen Namen konnte ich jedenfalls nicht finden. Er war nicht auf der Liste der Zurückgekehrten.«

Der Wirt kam, um die Bestellung aufzunehmen. Anna Catrina schüttelte den Kopf. Sie dachte an ihren Vater, wie er in irgendeinem Verließ dahinvegetierte.

»Bist du sicher, dass Mathiu überhaupt dein Vater ist? Vielleicht hatte er das Amulett einem anderen abgenommen.«

»Wer stiehlt schon ein halbes Amulett?«

»Im Krieg ist alles möglich.« Er dachte nach. »Ich würde versuchen herauszufinden, wer den Schmuck hergestellt hat. Anfangen würde ich bei besagtem Schmied. Vielleicht kann er dir weiterhelfen. Wenn du denjenigen findest, der es gemacht hat, dann findest du auch deinen Vater.«

»Aber das war vor mindestens siebzehn Jahren.«

»Ein bisschen Glück brauchst du natürlich schon dazu.«

Er legte ihr die beiden Hälften in die Hand und drückte sie zu. »›Jeder ist seines eignen Glückes Schmied‹, so heißt es doch.«

Etwas war anders. Die Silhouette von Ilanz kam der alten Frau bekannt vor. Und gleichzeitig war da etwas Fremdes. Es ging eine ganze Weile, bis sie herausgefunden hatte, was es war. Der Turm. Da war ein Turm zu viel. Den gab es vorher noch nicht. Offenbar war in ihrer Abwesenheit ein Haus gebaut worden. Ganz in der Nähe der Kirche musste es stehen.

Sie überlegte, durch welches Tor sie die Stadt am besten betreten würde. Bis zur Schenke ihres Bruders war es jeweils etwa gleich weit. Tagsüber war keines der Tore bewacht. Doch was, wenn sie trotzdem jemand erkennen sollte? Schließlich war sie auf immer verbannt worden. Würde man ihr den Kopf abschlagen?

Sie zog die Kapuze ihres Umhanges tief ins Gesicht.

Anna Catrina fröstelte. Obwohl es immer noch Sommer war, kühlte es am Abend ab.

Sie bog in die nächste Gasse nach links ab, so wie es ihr der Mann beschrieben hatte. Dann nach rechts. Die Gassen wurden immer enger und dunkler. An einem Ort roch es nach Exkrementen. Sie schlang ihre Arme eng um ihren Körper. Der Schopf in Ilanz kam ihr wieder in den Sinn.

Sollte sie nicht doch lieber umkehren? War es das Amulett wert, sich so einer Gefahr auszusetzen? Doch morgen hingehen konnte sie nicht. Sie fuhren in aller Früh Richtung Ilanz zurück. Sie versuchte, ruhig zu atmen. Überhaupt zu atmen. Als sie um die nächste Ecke bog, wurde es wieder heller. Ein offener Platz. Vor einem Haus stand ein großer Amboss. Das musste die Schmiede sein. Es war alles dunkel. Zaghaft klopfte sie an die Tür. Schlurfende Schritte. Die Türe ging einen Spalt weit auf.

Ein Mann mit einer Kerze in der Hand blickte sie an. »Was wollt Ihr mitten in der Nacht?«

»Sturi hat mich zu Euch geschickt. Es geht um ein Amulett.« Sie erzählte ihm kurz die ganze Geschichte. Wie wichtig es für sie war, ihren Vater zu finden.

Er seufzte. »Dann kommt in Gottes Namen herein.« Er führte sie in die Küche, stellte die Kerze auf den Tisch. »Da setzt Euch. – Und wieso kommt Ihr damit zu mir?«

»Vielleicht kennt Ihr denjenigen, der es gemacht

hat. Es muss schon ein paar Jahre her sein. Mindestens siebzehn.« Sie streckte ihm die beiden Hälften hin.

Er betrachtete sie und runzelte die Stirn. »Das ist bestimmt nicht von hier. Wenn Ihr genau hinschaut, dann seht Ihr hier diesen Stempel. Das macht man vor allem in Italien so. Aber ich kann es Euch flicken, wenn Ihr wollt. Das dauert nicht lange.« Er verschwand hinter der Tür.

Anna Catrina hörte ein leises Hämmern.

Nach einer Weile kam er zurück. »So, fast so gut wie neu.« Er streckte ihr das Amulett entgegen.

»Was schulde ich Euch?«, fragte Anna Catrina.

»Nichts. Wenn Ihr mir versprecht, es in Ehren zu halten.«

»Das werde ich.«

»Und nun aber raus mit Euch. Nicht dass Euch noch der Nachtwächter zu Gesicht bekommt. Mit dem ist nicht gut Kirschen essen.«

In der Nacht plagten sie seltsame Bauchschmerzen. Hatte sie etwa etwas Falsches gegessen? Doch es fühlte sich anders an. Sie dachte an das morgendliche Unwohlsein, ihre Brüste, die empfindlich und geschwollen waren, an den Heißhunger, den sie immer wieder verspürte.

Erwartete sie etwa ein Kind von diesem Balzer? Das konnte nicht sein. Das durfte nicht sein! Verzweifelt strich sie sich über den Bauch. Das musste wieder weggehen. Was sollte sie denn mit einem Kind, das mit Gewalt gezeugt worden war?

Und wie würde sie dastehen als unverheiratete Frau mit einem Balg? Man würde sie davonjagen, sie verbannen. Oder sie musste im besten Fall eine Buße bezahlen. Zehn Kronen stand auf Hurerei. Doch dieses Geld hatte sie nicht.

An Schlaf war auch diese Nacht nicht zu denken. Sie würde Chur als die schlaflose Stadt in Erinnerung behalten.

KAPITEL 14

Kaum war sie eingeschlafen, rüttelte sie eine Hand unsanft an der Schulter. Eine der Mägde stand neben ihr.

»Anna, komm schon, aufwachen. Hast du verschlafen?«

Sie wusste zuerst gar nicht, wo sie war. Dann kam ihr wieder alles in den Sinn. Der Gang durch die nächtlichen Gassen. Der nette Schmied. Wie sie beinahe nicht mehr zurückgefunden hatte. Die Gestalten, die sich in dunklen Ecken herumtrieben. Der beißende Gestank.

Sie rieb sich die Augen, gähnte. Sie hatte das Gefühl, kaum geschlafen zu haben. »Ich komme ja. Ist Dorothea von Planta schon auf?«

»Sie wartet bereits draußen«, sagte die Magd beim Verlassen der Kammer.

»*Oh Dieus!*« Anna Catrina schoss hoch, zog Kleid und Schoß über, packte Haube und Bündel. Zum Glück hatte sie gestern Abend noch alles sauber verschnürt.

Sie versuchte die aufsteigende Übelkeit zu überspielen, was ihr nicht schlecht gelang.

Dann griff sie vorne an die Bluse. Fühlte das Amulett. Es war noch da. Italien. Stammte ihr Vater etwa aus dem besetzten Veltlin? War er einer aus den Untertanenlanden? Konnte er deshalb nicht zu seiner Tochter stehen?

Sie hatten soeben gerastet und fuhren durch ein Weidenwäldchen den Rhein entlang. Anna Catrina lief ein paar Schritte hinter dem Wagen. Der Knecht führte das Pferd. Ihre Herrin war genau so schweigsam wie auf der Hinfahrt.

Gerne hätte Anna Catrina sie auf den Lesezirkel angesprochen. Von allem, was sie dort gehört hatte, war sie tief beeindruckt. Auf einmal empfand sie Bewunderung für Dorothea von Planta.

Plötzlich hörte sie hinter sich einen Ast knacken. Sie blieb stehen.

War da ein Tier, das hinter ihnen herschlich?

Sie schaute sich um, sah aber nichts. Vielleicht hatte sie sich getäuscht. Oder das Tier hatte bereits die Flucht ergriffen. Sie ging weiter. Da knackte es wieder. Sie wollte sich gerade umdrehen, als ihr jemand den Mund zuhielt.

Der Schlag auf den Kopf ließ sie vorwärts taumeln. Dann war alles nur noch schwarz.

Als Anna Catrina aufwachte, war es dunkel. Außer dem Rauschen des Rheins war nichts zu hören. Sie versuchte sich zu erheben, sackte jedoch wieder zurück, blieb auf allen Vieren. Ihr Kopf schmerzte, als ob er zerbersten würde. Sie griff sich in die Haare und ertastete eine Kruste.

Das musste Blut sein. Aber wo waren die anderen?

Langsam konnte sie mehr von ihrer Umgebung wahrnehmen. Das da musste der Wagen sein. Anna Catrina rappelte sich auf und machte Schritt um Schritt. Sie wankte und musste sich immer wieder auffangen, mit der Hand auf dem Boden abstützen.

Beinahe wäre sie über Dorothea von Planta gestolpert. Sie lag an ein Wagenrad gelehnt, die Beine ausgestreckt wie eine Puppe. Anna Catrina berührte ihre Schulter und versuchte sie wachzurütteln. Sie öffnete die Augen, griff sich dann an den Kopf. Offenbar hatte man auch ihr auf den Kopf geschlagen.

»Was ist passiert?«, fragte sie mit ungewohnt zittriger Stimme. »Und wo ist der Knecht?«

»Wir wurden überfallen.« Anna Catrina warf einen Blick in den Wagen. »Alle Einkäufe sind weg.« Dann blickte sie zur leeren Deichsel. Die Pferde hatten sie freigelassen. Sie grasten friedlich etwas abseits auf einer Wiese. Eine Gestalt lag am Boden. Neben dem Körper glitzerte Blut. Sie hatten dem Knecht mit einer Axt den Kopf gespalten.

»Was machen wir jetzt?«, fragte Dorothea von Planta. Sie klang verunsichert.

»Kommt, stützt Euch auf mich. Wir müssen hier weg.« Anna Catrina half ihr aufzustehen. Dann schaute sie nach, ob sie im Wagen doch noch etwas übrig gelassen hatten. Doch alles war weg. Reflexartig griff sie sich vorne an die Bluse. Das Amulett war ebenfalls verschwunden.

»Ich werde die Pferde vor den Wagen spannen«, sagte Anna Catrina und ging auf die beiden Rappen zu.

»Hast du denn schon mal einen Wagen gelenkt?«, fragte Dorothea von Planta erstaunt.

»Nein, aber ich habe schon oft zugeschaut.«

Nur noch durch diese Straße hinab und sie hatte die Gaststätte ihres Bruders erreicht. Sie bog nach links um die Ecke. Den Weibel sah sie zu spät. Sie stieß mit ihm zusammen. Der Mann wollte wissen, wer sie sei. Er habe sie noch nie hier gesehen. Zum Glück war es nicht derjenige von damals. Menschen blieben stehen. Umringten sie.

»Aber das ist doch die Elscha!«, rief eine ältere Frau.

»Du meinst die Elscha Casutt?«

»Aber wurde die nicht verbannt? Für immer?«

»Das kann nicht sein.«

»Die hat doch damals diesen Bub vergiftet. Ich kann mich noch gut erinnern.«

Der Weibel packte Elscha am Nacken. »Dann komm du mal schön mit. Das werden wir mit dem Säckelmeister klären.«

»Ich komme mit, aber vorher muss ich unbedingt meinen Bruder sprechen. Es geht ganz kurz. Bitte«, bettelte sie.

»Nichts da.« Er stieß sie vor sich hin. Am Klosterhof vorbei zum Gerichtsgebäude. Führte sie den Gang ganz nach hinten zu einer mit Eisen beschlagenen Tür. Schloss sie auf und hieß sie, sich auf die Steinbank zu setzen. Der gewölbte Raum war nicht groß und ziemlich nieder, hatte aber wenigstens ein Fenster, das etwas Tageslicht hereinließ. Sie kannte diesen Ort. Hier war sie schon vor sieben Jahren gewesen. Es kam ihr wie eine Ewigkeit vor.

Wie es wohl Anna ging?

»Nicht fortlaufen.« Der Weibel grinste und schlug die Tür hinter sich zu.

»Wenn ich die Kerle erwische! Die können etwas erleben!« Johann Anton Schmid von Grüneck ging im Zimmer auf und ab, hin und her. Sein Degen schwang bei jeder Bewegung mit.

»Und du hast wirklich nicht gesehen, wer es war?«

»Nein, jemand hat mich von hinten gepackt und dann …«, antwortete Anna Catrina.

»Ist schon gut«, sagte Dorothea von Planta. »Sicher irgendwelche Landstreicher, die bereits über alle Berge sind.«

»Ich werde sie finden und zur Verantwortung ziehen.« Seine Stimme wurde immer lauter. »Mit denen werde ich kurzen Prozess machen.« Er nahm den Degen aus der Scheide und zog ihn horizontal vor sich durch die Luft.

»Das Wichtigste ist doch, dass uns nichts geschehen ist«, versuchte Dorothea von Planta ihn zu besänftigen.

Anna Catrina schüttelte den Kopf. Sie dachte an das Amulett. Wie sollte sie ihren Vater finden, wenn sie es nicht mehr hatte?

»Ich fände es mehr als gerecht, wenn diese Übeltäter zur Rechenschaft gezogen würden.« Die Worte rutschten ihr einfach so heraus.

Johann Anton Schmid von Grüneck schaute sie streng an. Sogleich bereute sie ihre vorlaute Rede.

»Die Magd hat recht. Niemand darf es wagen, meine Familie anzugreifen«, sagte er und steckte seinen Degen wieder ein. »Ich mach mich gleich auf den Weg.« Er winkte zwei Männern zu, die bis jetzt wortlos in einer Ecke gestanden hatten.

»Kommt, wir gehen. Lasst die Pferde satteln.«

Etwas später hatten Johann Anton Schmid von Grüneck und seine Begleiter die Stelle, wo der Überfall passiert war, erreicht. Es war kein hübsches Bild, das sich darbot. Der Knecht lag immer noch am Boden mit dem Gesicht nach unten. Das Blut war versickert, das Gras glänzte dunkelrot.

Sie hüllten den Leichnam in ein Tuch und verluden ihn in den Wagen, den sie mitgebracht hatten.

»Ihr geht mit dem Wagen zurück«, sagte er zu den beiden Knechten, die sie mitgenommen hatten. »Wir suchen hier nach Spuren.« Er hatte bereits ein paar geknickte Äste entdeckt, die die Marschrichtung der Räuber anzeigten. Auch Fußspuren waren zu sehen. Sie wiesen den Rhein entlang Richtung Reichenau. Offenbar waren es Landstreicher und keine berittene Bande, denn Hufabdrücke gab es keine.

Grüneck galoppierte durch den Wald, er musste sich immer wieder ducken, um nicht von einem Ast getroffen zu werden. Zweige schlugen ihm ins Gesicht. Doch es war ihm egal. Sein Jagdinstinkt war erwacht.

Als es dunkel wurde, schlugen sie ein Nachtlager auf. Einer der beiden Begleiter zündete ein Feuer an.

»Wir müssten sie schon längst eingeholt haben«, sagte Johann Anton Schmid von Grüneck und schob sich einen Bissen Huhn, den er vorher mit dem Messer vom Knochen gelöst hatte, in den Mund. »Die sind sicher die Schlucht hochgestiegen Richtung Conn.«

»Mit der ganzen Beute? Das kann ich mir nicht vorstellen«, sagte einer seiner Begleiter.

»Manchmal muss man das Unvorstellbare in Betracht ziehen.« Grüneck warf den Knochen ins Feuer, erhob sich und streifte die Hände an seinem Wams ab. »Morgen gehe ich da hinauf. Gehauen oder gestochen.«

Anna Catrina stand in der geräumigen Küche der Casa Gronda. Sie war dabei, den Teig für einen Kuchen zu rühren.

»Da will dich jemand sprechen«, sagte Dorothea von Planta mit ungewohnt sanfter Stimme.

Anna Catrina hatte Dorothea von Planta nicht kommen hören und zuckte zusammen. »Ja?«

»Es ist dein Onkel.«

»Onkel Uri? Was will er hier?«

»Es sei dringend.«

Anna Catrina streifte die Hände an der Schürze ab und richtete ihre Haube.

»Er wartet unten.«

Sie traten vors Haus. Ihr Onkel kam gleich zur Sache. »Elscha ist wieder da.«

»Du meinst *die* Elscha, deine Schwester, meine Tante? Aber die haben sie doch ...«

»... verbannt, ich weiß. Sie ist trotzdem zurückgekehrt.«

»Und wieso um Himmels Willen? Das ist doch gefährlich!«

»Das ist es. Es droht ihr Enthauptung durch das Schwert.«

Anna Catrina spürte, wie ihre Beine nachgaben. »Das dürfen sie nicht. Sie haben sie ja schon ohne Grund verbannt. Nur weil sie diesem Kind nicht helfen konnte.«

»Da hast du recht. Aber die Gerechtigkeit setzt sich nicht immer durch.«

»Und du bist sicher, dass sie es ist?«

»Die alte Telgia hat gesehen, wie sie sie festgenommen haben. Sie hat ihr noch zuflüstern können, dass sie mir unbedingt etwas zu sagen habe. Es sei wichtig und es gehe um dich. Und deinen Vater.«

»Das ist ja furchtbar.« Anna Catrina hielt inne. »Sie weiß, wer mein Vater ist?«

»Keine Ahnung. Sie hat deiner Mutter jedenfalls sehr nahe gestanden. Die beiden Schwestern waren fast unzertrennlich. Ist gut möglich, dass deine Mutter sich ihr anvertraut hat. Mir hat sie nie etwas gesagt.«

»Ich muss sie sehen. Wo ist sie?«

»Ich glaube nicht, dass sie dich in den Kerker lassen.«

»Das werden wir ja sehen!« Sie ging nervös die Gasse auf und ab.

»Anna Catrina, mach keine Dummheiten. Das ist es nicht wert.«

»Ich möchte sie nochmals sehen. Immerhin ist sie wie eine Mutter für mich.«

»Ich habe noch etwas zur Seite gelegt.« Er zog ein Säckchen aus dem Mantel.« Vielleicht kannst du damit den Weibel ...«

»Du hast also gewusst, dass ich ...?«

»Ich kenne doch meine Anna Catrina.« Er legte seine Hand auf ihre Schulter. »Du würdest nie aufgeben.«

»Das kann ich nicht annehmen. Das ist doch dein ganzes Erspartes.«

»Bitte nimm es. Es ist gut angelegt.«

Sie nahm das Säckchen entgegen und ließ es in ihrem Rock verschwinden. Sie wollte gerade wieder ins Haus gehen, da hielt sie ihr Onkel zurück.

»Da kommt mir noch etwas in den Sinn«, sagte Uri. »Habe ich dir eigentlich schon vom Korber erzählt. Oder vielmehr von dessen Frau?«

»Frenna?« Anna Catrina schüttelte den Kopf, obwohl sie wusste, was jetzt kommen würde.

»Sie ist gestorben. Im Kindbett.«

»Das tut mir leid«, sagte sie und wünschte sich, sie hätte nicht recht behalten.

KAPITEL 15

Johann Anton Schmid von Grüneck und einer seiner Begleiter brachen bei Dunkelheit auf. Der andere blieb zurück. Zwei würden in den Felsen weniger auffallen als drei.

Die Brücke bei Versam war ziemlich morsch. Sie überquerten sie einzeln. Dann ging es auf schmalen Pfaden zwischen den Felsen hindurch den Berg hinauf. Der Untergrund war teilweise so lose, dass sie bei jedem Schritt aufpassen mussten, um nicht eine Steinlawine auszulösen.

An einem Heidelbeerstrauch hing ein Stück Stoff. Weiter oben stießen sie auf eine Feuerstelle. Hier mussten die Räuber durchgekommen sein.

Johann Anton Schmid von Grüneck blickte in die Tiefe. Wie eine blaue Schlange wand sich der Rhein um kleine Inseln. Die Auswüchse des Kalksteinmassivs sahen von hier oben noch spitzer und bedrohlicher aus als von unten.

Nach einer Stunde waren sie beinahe oben. Der Weg war immer steiler geworden.

Grüneck hielt inne. Da waren Stimmen zu hören. Sie mussten von oben kommen. Dort, wo der schroffe Berg in eine liebliche Wiese überging.

Er bedeutete seinem Begleiter ruhig zu sein und schlich weiter, versteckte sich hinter einem Felsen, lugte hervor, doch er sah nichts. Er musste näher herangehen. Schnell huschte er zum nächsten Fels und jetzt sah er sie. Sie saßen um ein Feuer herum, das sie am Rand der Wiese entfacht hatten. Es waren vier Männer. Grüneck winkte seinen Begleiter zu sich. Lachen drang zu ihnen.

»Die sind in der Überzahl«, flüsterte der Begleiter.

»Mit denen werden wir fertig. Wir haben das Überraschungsmoment auf unserer Seite. Unterschätze das nicht. Ich nehme die zwei rechts, du die beiden links.«

Sie stürmten hinter dem Felsen hervor. Die vier Männer sahen sie überrascht an. Grüneck stieß dem ersten seinen Degen tief in die Brust. Der Verwundete riss die Augen auf und kippte nach hinten. Mit einem Ruck zog Grüneck die Stichwaffe wieder heraus.

Der zweite war in der Zwischenzeit aufgestanden und richtete seinen Degen auf Grüneck. Er holte aus und traf ihn beinahe an der Schulter. Johann Anton Schmid von Grüneck schlug zurück, die beiden Waffen verfingen sich, schliffen aneinander entlang. Er drängte seinen Gegner zurück. Doch dieser gab sich nicht so schnell geschlagen. Er holte nochmals aus und erwischte Grüneck am Arm. Für einen kurzen Moment wurde ihm schwarz vor Augen. Der blaue Stoff verfärbte sich langsam dunkel.

Grüneck biss die Zähne zusammen und startete einen Gegenangriff. Er drängte den anderen immer weiter zurück in Richtung der Schlucht. Bis sie vorne an der Kante waren.

»Das ist dafür, dass du meine Gemahlin überfallen hast.« Er versetzte ihm mit der Faust einen Stoß, so dass sein Gegner taumelte und rückwärts fiel. Es dauerte lange, bis Grüneck den Körper aufschlagen hörte.

Er drehte sich um. Sein Begleiter hatte auch einen niedergestreckt. Der andere lag auf dem Rücken, mit der Schwertspitze auf der Brust hielt er ihn in Schach.

»Lass ihn am Leben«, sagte Grüneck. »Er soll seinen Kumpanen erzählen, was wir mit Leuten wie ihm machen. «

Der Begleiter zog sein Schwert zurück. Der andere drehte sich auf den Bauch und floh zuerst auf allen Vieren, dann rappelte er sich hoch und verschwand hinter dem nächsten Gebüsch.

Sie untersuchten die Bündel, die neben der Feuerstelle lagen. In einem war ein feiner Stoff. Er sah genau so aus, wie ihn Dorothea beschrieben hatte. In den andern waren allerlei gestohlene Sachen. Schmuck, ein paar Münzen. Grüneck erkannte Dorotheas Geldbeutel wieder.

Das Verließ befand sich im Gerichtsgebäude, vor dem auch der Pranger angebracht war.

»*Bien di*, Anna Catrina, kommst du heute freiwillig an den Pranger?« Der Weibel sah Anna Catrina mit einem dreckigen Lachen an.

»Ich möchte zu meiner Tante.«

»Elscha ist deine Tante? Das wundert mich gar nicht. Der Apfel fällt wirklich nicht weit vom Stamm.«

»*Per plascher!* Bitte, es ist wichtig.«

»Kommt ganz drauf an, wie wichtig es dir ist.« Er schaute sie anzüglich an, musterte sie von oben bis unten.

Anna Catrina musste sich zusammenreißen, um ihm nicht ins Gesicht zu spucken. »Ich habe Geld.«

»Ist ja klar, dass so eine wie du Geld hat. Wie viel ist es denn?«

»Genug.« Sie zog das Säckchen unter ihrem Rock hervor und streckte es ihm hin.

»Ob es genug ist, entscheide ich.« Er packte das

Säckchen, machte es auf und ließ die Münzen durch die Finger klimpern.

»Nicht schlecht, nicht schlecht.« Er verstaute es in seinem Wams.

»Dann lass mich jetzt zu ihr.«

»Das lasse ich dich.« Er machte jedoch keinen Wank, sondern stand ihr immer noch im Weg.

»Also, dann lass mich durch.« Sie versuchte ihn zur Seite zu schieben, doch er stieß sie zurück.

»Wenn sie noch da wäre.«

»*Co?* Was heißt das?«

»Sie haben sie vor ein paar Minuten abgeholt und zum Richtplatz geführt.«

»Das ist nicht wahr!«

»Kannst ja nachschauen.« Er trat zur Seite.

»Dann gib mir das Geld zurück!«

»Ts, ts.« Er schüttelte den Kopf.

Sie schlug ihm die Faust auf die Brust.

Er packte sie so fest an den Handgelenken, dass es schmerzte. »Ich kann dich auch an den Pranger ketten, wenn du willst. Aber wenn ich du wäre, würde ich mich beeilen. Wenn du deine Tante noch lebend wiedersehen möchtest.«

Der Menschenzug hatte die Stadt über die Porta Bual verlassen und bewegte sich Richtung Schlifras. Vorneweg wurde ein Karren von einem Ochsen gezogen. Darauf musste ihre Tante sein.

Sicher wurde sie mit faulem Gemüse und sonstigem Unrat beworfen. Das hatte Anna Catrina schon oft gesehen. Die Menschenmeute war unberechenbar. Man suchte Schuldige für das eigene Leid. Das hatte sie noch nie verstanden.

Dabei waren sie doch alle frei. Niemand wurde unterdrückt. Klar, gab es Unterschiede. Die Grünecks zum Beispiel. Denen fehlte es an nichts, während ein einfacher Bauer nach einem schlechten Sommer nur knapp über den Winter kam. Dass man sich dann aber auf Seinesgleichen stürzte, um seinem Unmut Luft zu verschaffen, verstand sie nicht.

Jetzt bog der Zug nach rechts in Richtung Sogn Martin.

Anna Catrina rannte den Berg hinauf. Zum Glück kam der Menschenzug nur langsam vorwärts. Sie musste ihre Tante unbedingt noch sprechen.

Jetzt hatte er den Richtplatz erreicht – eine Lichtung zwischen den Laubbäumen. Anna Catrina hatte den Zug beinahe eingeholt. Sie rang nach Luft, konnte kaum atmen. Dann blieb sie stehen und stützte beide Hände in die Hüften.

Sie zerrten Elscha vom Wagen und führten sie auf den Platz. Das Volk bildete einen Kreis.

Anna Catrina versuchte, ins Innere des Kreises zu gelangen. Doch es war fast kein Durchkommen, so eng standen die Menschen beieinander. Jeder wollte zuvorderst stehen und möglichst viel sehen.

»Bitte entschuldigt«. Sie fasste einer dicken Frau an die Schulter. Diese drehte sich um und sah sie böse an.

»Ich muss nach vorne.«

Widerwillig ließ sie Anna Catrina durch, die sich langsam vorarbeitete, böse Blicke erntete.

Endlich war sie vorne angekommen. Ein Weibel zwang Elscha in die Knie, ihre Hände waren vorne zusammengebunden. Es sah aus, als ob sie beten würde. Sie trug ein schmutzig braunes Kleid, Fetzen hingen herunter, ihr Gesicht war verschmiert.

Anna Catrina rannte auf sie zu. Doch sie wurde von einem anderen Weibel festgehalten. Jetzt erblickte auch Elscha sie. Elscha schaute sie an. Zuerst schien sie Anna Catrina nicht zu erkennen. Dann formten ihre Lippen die Worte ›Anna Catrina‹. Es sah aus, als ob sie lächeln würde.

Anna Catrina versuchte sich frei zu machen, doch sie hatte keine Chance. Jetzt versperrte ihr der Weibel auch noch die Sicht.

Ein anderer Weibel packte sie von hinten und hielt ihr die Arme auf den Rücken. »Für die kannst du nichts mehr tun.«

Anna Catrina wand sich wie ein Fisch. Aber es nützte nichts. Der erste Weibel versperrte ihr immer noch die Sicht. Sie schlug mit dem Schuh gegen sein Schienbein, worauf er ihr eine Ohrfeige gab. Dabei machte er einen Schritt zur Seite und Anna Catrina konnte wieder ihre Tante sehen. Deren Lippen formten das Wort »Vater«. Jetzt erkannte sie auch das Mal auf ihrer Stirn wieder. Sie musste gebrandmarkt worden sein.

»Ja, was ist mit ihm?«, rief Anna Catrina ihrer Tante zu.

In diesem Augenblick erhob der Scharfrichter das Schwert, holte aus und schlug es mit aller Wucht gegen Elschas Hals.

Anna Catrina hatte die Augen bereits geschlossen.

Anna Catrina wusste nicht mehr genau, wie sie zur Casa Gronda gekommen war. Sie hatte die ganze Zeit an ihre Tante gedacht. Wie sie den weiten, beschwerlichen Weg auf sich genommen hatte, nur um ihr zu sagen, wer ihr Vater war. Wie sie dafür mit dem Leben hatte bezahlen müssen.

Anna Catrina sah wieder das Schwert. Wie es auf den Kopf der Tante niedersauste. Alles kam ihr so unwirklich vor. Die jaulende Menschenmasse. Das Schwert, Elschas Blick. Sie fühlte sich wie betäubt.

Auf einmal stand sie vor dem hinteren Eingang. Sie ging die Steintreppe hinauf und betrat das Haus.

Im Eingang stand Barbla. Die Hände hatte sie vor der Brust verschränkt. »So, war es schön in Chur?«

»Ja, das war es. Aber auf den Überfall hätte ich verzichten können«, antwortete Anna Catrina.

»Soll ich mich jetzt noch bei dir bedanken? Dafür, dass du an meiner Stelle niedergeschlagen worden bist?«

»Nein, das musst du nicht.« Anna Catrina ging an ihr vorbei die Treppe hoch. Barbla hielt sie am Arm zurück. »So einfach kommst du mir nicht davon. Wenigstens entschuldigen kannst du dich.«

»Und wieso soll ich mich entschuldigen?

»Vielleicht, weil du mich im Zimmer eingeschlossen hast?«, sagte Barbla schnippisch.

»Ich habe dich nicht eingeschlossen.«

»Wer's glaubt!«

»Barbla, es tut mir leid, dass sie dich nicht mitgenommen haben. Aber für mich war es wichtig.«

»Und, hast du etwas herausgefunden?« Barbla schaute sie mit zusammengekniffenen Augen an.

»Nein nicht wirklich. Außerdem …«

»Was außerdem?«

»Sie haben mir das Amulett gestohlen.«

»Das hast du jetzt davon.«

Anna Catrina schaute schweigend zu Boden.

»Übrigens, da steht eine Kiste mit Schmuck in der Küche«, fuhr Barbla fort. »Johann Anton Schmid von Grüneck hat ihn den Dieben abgenommen. Die solltest du mal durchschauen, vielleicht ist dein Amulett ja darunter.«

Anna Catrina gab ihrer Freundin einen Kuss auf die Wange und lief schnell die Treppe hinauf in die

Küche. Sie wühlte im Schmuck herum. Einige Ringe, eine Kette, eine Brosche. Doch das Amulett war nicht dabei.

Sie war den Tränen nahe. Nun hatte sie jede Spur verloren.

»Das ist alles, was sie den Räubern abgenommen haben. Es tut mir leid.« Barbla, die ihr gefolgt war, legte die Hand auf ihre Schulter. »Auch das mit deiner Tante.«

Anna Catrina blickte sie an. Ihr Bedauern schien echt zu sein.

»Ist dir das Schmuckstück so wichtig?«, fragte Barbla.

»Es ist alles, was mir von meinem Vater geblieben ist. Ich dachte, ich könnte herausfinden, wer er war. Gerade jetzt, wo ich …« Sie hielt inne.

»Jetzt wo was?«

»Ist egal.«

»Komm, sag schon!« Barbla liess nicht locker.

Plötzlich stand Clau, der ihrem Onkel ab und zu zur Hand ging, seit Anna Catrina in der Casa Gronda arbeitete, unter der Küchentür. »Anna, du musst sofort kommen!« Er war noch blasser als sonst.

»Was ist denn los? Ist etwas mit meinem Onkel?«

»Es geht ihm nicht gut.«

»Sein Herz?«, fragte Anna Catrina.

Clau nickte.

»Barbla, ich muss schnell weg«, sagte Anna Catrina zu ihrer Freundin und rannte wieder die Treppe hinunter.

Der Onkel lag auf dem Bett. Er war ganz grau im Gesicht. Die Hände hatte er auf dem Bauch gefaltet. Zuerst meinte sie, er sei tot, doch dann öffnete er die Augen.

Sie ging zu ihm, setzte sich auf die Bettkante, nahm seine Hand. Sie war ganz kalt. Er atmete unregelmäßig.

»Anna Catrina.« Sein Mund verzog sich zu einem Lächeln. »Schön dass du da bist. – Ich werde nicht mehr lange hier sein.«

»Bitte sag so etwas nicht!«

»Wir müssen noch ein paar Dinge klären.«

»Bitte Onkel, du sollst jetzt nicht sprechen. Das ermüdet dich zu sehr.«

Er schüttelte leicht den Kopf. »Ist schon gut. – Wegen deines Vaters ... Es tut mir leid, dass ich dir da nicht weiterhelfen kann. Ich weiß doch, wie wichtig es dir ist.«

»Aber das ist doch jetzt egal.«

»Nein, ist es nicht.« Er räusperte sich. »Ich bereue, nie mit Elscha darüber gesprochen zu haben.«

»Sie hätte es dir sicher nicht gesagt.«

»Ich hätte eindringlicher sein müssen.«

»Bitte mach dir jetzt keine solchen Gedanken.« Sie strich ihm über die Wange.

»Und dann ist da noch etwas anderes … Ich weiß, dass es für dich schwierig ist …«

»Nun sag schon. So schlimm kann es doch gar nicht sein.« Anna Catrina versuchte zu lächeln.

»Ich möchte, dass du den ›Löwen‹ übernimmst. Die Gemeinde ist bereits informiert. Ich habe alles Nötige in die Wege geleitet. Clau soll dich dabei unterstützen.«

»Clau?«

«Er ist ein guter.«

»Bist du dir da sicher? Den Gasthof übernehmen?«

»Ich weiß, dass es dir schwerfällt. Nach allem, was passiert ist. Aber ich möchte nicht, dass sonst jemand den Gasthof führt. Es wird sicher nicht einfach. Aber du wirst das schaffen. Davon bin ich überzeugt.«

Anna Catrina schaute ihn lange an. Sie wusste nicht, was sie antworten sollte.

»Bitte versprich mir, dass du es dir wenigstens überlegst.«

»Ja, das mach ich.«

Er schloss die Augen. »Jetzt muss ich mich etwas ausruhen.«

Anna Catrina spürte wieder das Ziehen im Bauch. Lange konnte sie es nicht mehr verheimlichen. Man sah auch schon die leichte Rundung unter der Schürze.

Sie würde das Angebot annehmen. Schließlich gab es ihr die Unabhängigkeit, die sie sich wünschte.

Und außerdem konnte sie so auch ihr Kind behalten.

Sie setzte sich neben das Bett ihres Onkels und hielt ihm die Hand. Kurz nach Mitternacht machte er noch einen tiefen Atemzug. Es war sein letzter.

VI.
DIE WIRTIN

KAPITEL 16

Du willst uns wirklich verlassen?« Dorothea von Planta bot Anna Catrina einen Stuhl an. »Das ist natürlich sehr schade, aber andererseits verstehe ich es. Es ist eine einmalige Gelegenheit. Vor allem für eine Frau.«

Anna Catrina dachte an das Gespräch, das sie in Chur mitgehört hatte. War es nun ausgerechnet sie, die das Privileg hatte, ihre eigene Meisterin zu sein?

»Und wenn du Unterstützung brauchst, wir sind ja nicht weit weg.«

»Das ist sehr nett von Euch, aber ich werde es schon schaffen.« Anna Catrina erhob sich.

Dorothea von Planta schaute sie an. »Daran zweifle ich keinen einzigen Augenblick.«

Anna Catrina schaute sich im Zimmer um. Sie würde die blassblaue Tapete das letzte Mal sehen, das letzte Mal den Flur hinuntergehen, verstohlen einen Blick in die Räume mit den Stuckaturen werfen.

»Ich wünsche dir alles Gute, und falls wir Gäste haben, werde ich dein Wirtshaus natürlich empfehlen.«

»Das ist sehr gütig von Euch.« Anna Catrina erhob sich vom Stuhl, wobei ihr schwarz wurde vor Augen, so dass sie sich nochmals hinsetzen musste.

»Was ist mir dir? Ist dir nicht gut?«

»Nein, alles in Ordnung. Ich habe nur schlecht geschlafen und bin etwas übermüdet.« Anna Catrina erhob sich erneut.

Es gab noch viel zu tun. Als erstes würde sie der Gaststube einen neuen Anstrich geben. Durch den Kerzenrauch und die Feuerstelle war das Gewölbe beinahe schwarz geworden. Auch die Fenster hatten es schon lange nötig. Am Mobiliar konnte sie leider nichts ändern, dafür fehlte ihr das Geld.

Sie war mit Malen beinahe fertig, als er plötzlich vor ihr stand. Wie aus dem Nichts aufgetaucht.

»Hans!« Anna Catrina wischte sich die weiße Farbe aus dem Gesicht. Was der wohl hier wollte?

»Ich bin auf der Durchreise und dachte, ich schau mal vorbei.«

»Auf der Durchreise?« Am liebsten hätte sie ihn gleich vor die Türe gesetzt. Doch schließlich hatte er ihr in Chur auf dem Markt geholfen, als sie überfallen wurde. »Komm, setz dich hin.« Sie zog das Tuch vom Tisch, das sie zum Schutz darüber gehängt hatte. »Willst du etwas trinken?«

»Gerne einen sauren Most, aber nur, wenn du auch einen nimmst.«

»Und was heißt ›auf der Durchreise‹?«, fragte Anna Catrina, nachdem sie mit zwei Bechern zurückgekommen war.

»Ich habe einen Auftrag in Flims.«

»Und da kommst du über Ilanz? Ist der obere Weg immer noch gesperrt?«

»Äh ..., ich weiß gar nicht. Vielleicht nicht mehr. Aber ich wollte einmal durch die Rheinschlucht gehen.«

»So, so.«, sagte Anna Catrina. »Und wieso wusstest du, dass ich hier bin?«

»Ich habe in der Casa Gronda nach dir gefragt und man hat mir gesagt, dass du nun Wirtin des ›Löwen‹ bist. Gratuliere. Schön ist es geworden. So hell.«

Anna Catrina schwieg.

»Und wieso bist du wirklich hier?«, fragte sie nach einer Weile.

Hans wurde rot. Scharrte mit dem Schuh auf dem Boden. »Ich wollte dich fragen, ob du ... Ob du vielleicht ... Trotz allem ... Willst du meine Gemahlin werden und mit mir nach Chur kommen?«

Anna Catrina schluckte leer. Was für eine Frechheit! Nach allem, was passiert war. Seine Liebelei mit Dorothea von Planta, seine überstürzte Abreise, seine Zurückhaltung in Chur. Sie dachte an das Gespräch im Salon. Wie hatte es diese Frau genannt? Die Ehe als Gefängnis?

Doch natürlich hätte es auch Vorteile. Ein Mann,

der sie beschützen, ja, vielleicht sogar das Kind als das seine annehmen würde.

»Ich würde gut für dich sorgen, für dich da sein. Immer. Du bist das wunderbarste Weib, das ich je …«

»Anna, soll ich die Küche auch noch strei …« Clau trat mit einem Kübel Farbe und einem Pinsel von der Küche her in die Gaststube. Als er Hans sah, hielt er kurz inne. »Oh, ich störe wohl.« Er machte rechts um kehrt. »Ich bin im Innenhof, wenn du mich brauchst.«

Hans blickte auf den Boden. »Hab ich's doch gewusst.«

»Eigentlich geht es dich ja nichts an, aber es ist nicht so, wie du denkst. Clau hilft mir nur. Alleine hätte ich das nie geschafft.«

»Es war ein Fehler, hierherzukommen.« Er erhob sich und ging in Richtung Türe.

»Ja, da hast du wohl recht.« Sie folgte ihm zur Tür.

Er blickte auf ihren Bauch, den er offenbar erst jetzt bemerkt hatte.

Anna Catrina schaute an sich herunter. »Ja, ich bekomme ein Kind.«

»Und von wem?«, fragte er.

»Das geht dich nichts an.«

»Ich verstehe. Dann waren meine Vermutungen also richtig. Ich Dummkopf. Ich hätte auf mich hören sollen. Wie konnte ich nur. Mach's gut.« Ohne sie nochmals anzublicken verließ er die Gaststube.

»Was ist mit dem los?« Barbla betrat die Gaststube und hielt inne. »Das ist ja kaum wiederzuerkennen. Wie hast du das bloß gemacht?«

»Mit ein bisschen Farbe. Und mit der Hilfe von Clau. Aber setz dich doch hin. Wen meinst du mit ›dem‹?«, fragte Anna Catrina.

»Ich habe Hans vorher auf der Gasse getroffen. Hat mich nicht mal richtig gegrüßt. Sah gar nicht gut aus. Obwohl er sonst eigentlich ziemlich gut aussieht. Habt ihr euch gestritten? Und was macht er überhaupt hier?«

Anna Catrina wusste nicht, welche Frage sie zuerst beantworten sollte. »Möchtest du auch einen Kräuterschnaps?«, fragte sie stattdessen. »Den brauch ich jetzt.« Sie ging in die Küche und kam mit einer Flasche und zwei Bechern zurück. »Ich muss dir etwas erzählen.« Sie schenkte ein.

»Hast du wieder mit Hans angebandelt?« Barbla nahm einen großen Schluck.

»Nein. Es ist …« Sie strich sich über den Bauch.

»Du bist doch nicht etwa …«

»Doch.«

»*Per l'amur da Diu!* Um Himmels willen!« Barbla dachte nach. »Von Balzer? Aber wieso hast du es nicht wegmachen lassen?«

Anna Catrina schwieg.

»Bitte entschuldige. Das war jetzt vielleicht etwas überstürzt. – Aber du hast nicht etwa Hans gesagt, dass du das Kind von Balzer erwartest! Das Kind hättest du ihm nun wirklich unterjubeln können. Komm, gib mir noch einen.« Barbla streckte ihr den Becher hin.

»Ich habe es ihm nicht gesagt. Und das Kind unterjubeln? Ich will ehrlich sein.«

»Du wirst nochmals an deiner Ehrlichkeit zugrunde gehen.

»Das hätte er sowieso gemerkt.«

»Männer sind nicht so gut im Rechnen, wenn es um solche Dinge geht.«

»Das stimmt. Aber trotzdem. Ehrlich währt am längsten.«

»Und wieso hat Hans ausgesehen, als ob man ihm einen Eimer Wasser über den Kopf geleert hätte?«

»Das ist nicht so wichtig. – Übrigens, ich suche eine Magd. Kennst du jemanden?«, wechselte Anna Catrina das Thema.

»Hast du nicht gerade erzählt, dass Clau dir hilft?«

»Ja, schon, aber ich möchte ihn nicht ausnützen.«

»Wieso ausnützen?«

»Ich glaube, dass er sich falsche Hoffnungen macht.«

»Aber das ist doch sein Problem. Und du bist ja ehrlich zu ihm.«

»Stimmt, aber trotzdem.«

»Verstehe. Ich werde mich mal umhören.« Barbla stand auf.

»Und bitte, sag niemandem was!«

Barbla schaute sie erstaunt an. »Aber dann findest du doch nie eine Magd.«

Anna Catrina deutete mit dem Kinn auf ihren Bauch.

»Ach, so. Ja, klar.«

Clau trat aus der Küche in den Gastraum. »Und, ist er weg?«

»Wer?«, fragte Anna Catrina, obwohl sie wusste, wen Clau meinte.

»Dieser Hans natürlich.«

»Was hast du bloß gegen ihn?«

»Das ist doch offensichtlich.«

»Was?«

»Dass er etwas von dir will.«

»Und wenn schon.«

»Wirst du ihn heiraten?«

»Was geht dich das an?«

»Ja, merkst du es denn nicht? – Ich liebe dich!«

»Und ich bekomme ein Kind von einem anderen.«

»Ich weiß.«

»W-was? Von wem?«

»Ich habe vorhin gelauscht.«

»Sieh mal einer an!«

»Am liebsten würde ich dem den Hals umdrehen.« Wütend ballte er die Faust. Dann entspannte er sich wieder. »Ich würde es als das meine ansehen.«

»Das sagst du jetzt so. Und dann später …«

»Ach, denk doch, was du willst.« Er wandte sich ab.

»Clau, bitte versteht doch …« Sie legte ihre Hand auf seine Schulter.

»Du liebst mich nicht.« Er stieß sie weg.

»Doch, ich liebe dich, aber …«

»Aber was?« Er drehte sich wieder um.

»Vielleicht eher wie einen Bruder?«

»Mir reicht's!« Er stand auf und verließ das Lokal.

Anna Catrina ging ein paarmal hin und her, dann setzte sie sich auf einen Stuhl, beugte sich vornüber und begann zu weinen.

Wieso konnte sie Clau nicht so gerne haben wie er sie? Es hätte doch so einfach sein können.

Und wenn nur dieses Kind nicht gewesen wäre. Das Kind, das sie gar nicht gewollt hatte, das ihr aufgedrängt worden war.

Würde sie jedes Mal, wenn sie es in den Armen hielt, an jene Nacht zurückdenken müssen? Würde sie jedes Mal, wenn sie es ansah, Balzer darin erkennen?

Und wenn auch! Sie musste lernen, damit umzugehen. Schließlich war es auch ihr Kind, ein Teil von ihr. Und sie wollte, dass es lebte.

Sie strich sich mit der Schürze die Tränen aus den Augen und erhob sich. Schließlich gab es noch einiges zu tun.

KAPITEL 17

Anna Catrina stand mit Menga in der Küche, als die Türe zur Gaststube aufging.

»Menga, schaust du mal, wer gekommen ist und fragst, was er trinken will?«, forderte Anna Catrina ihre Magd auf.

Diese war gerade dabei, eine Lachsforelle auszunehmen. »Es geht jetzt leider grad nicht.«

»Bitte tu, was ich dir sage. Ich kann hier nicht weg, sonst brennt alles an.«

Anna Catrina hatte lange nach einer Magd gesucht. Es war nicht einfach, etwas Passendes zu finden. Die erste war ein junges Mädchen aus Castrisch gewesen. Sie war groß und hager und hatte strohblondes Haar. Schon als sie die Gaststätte betrat, war Anna Catrina klar, dass es mit ihr nichts werden würde. Ängstlich schaute sie sich im Raum um, offenbar war ihr der Trubel einer Schenke nicht Geheuer.

Die zweite, eine Nachbarsfrau, die neben der täglichen Arbeit noch etwas dazuverdienen wollte, machte ihr einen besseren Eindruck. Die Frau stand mit beiden Beinen im Leben. Die konnte so schnell nichts umwerfen. Leider erkrankte ein paar Tage später ihre Schwester schwer, so dass sie deren Familie unterstützen musste und keine Zeit mehr fand, um auch noch in der Gaststube zu arbeiten.

Die dritte war Menga, ein älteres Weib, sehr geschwätzig und aufdringlich. Weitere Mägde hatten sich keine beworben, obwohl es Anna Catrina überall herumerzählte. Offenbar hatte man keine Lust, bei einer, die schon mal am Pranger stand, zu arbeiten.

Schließlich entschied sie sich für Menga, obwohl sie wusste, dass sie etwas faul und schwatzhaft war. Dafür hatte sie das Herz auf dem rechten Fleck. Und kochen konnte sie auch.

Murrend tauchte die Magd die Fingerspitzen in den Wasserzuber, wischte sie an der Schürze ab und verließ die Küche.

Als sie eine Weile nicht mehr erschien, nahm Anna Catrina die Pfanne vom Feuer und ging in die Gaststube.

Der Landammann saß an einem Tisch.

Offenbar hatte ihn Menga in ein Gespräch verwickelt. »Und stellt Euch vor, dann hat sie …«

»*Bien di, signur mistral*«, sagte Anna Catrina. »*Co vai cun Vus?*«

»*Engraziel, bein.* Ich muss dich sprechen, Anna.«

»Möchtet Ihr was trinken?«

»Nur einen Becher Wasser.«

»Menga, holst du dem Landammann einen Becher Wasser?«

Die Magd verschwand schlurfend in der Küche.

Anna Catrina wischte mit der Schürze über den Tisch und setzte sich hin. »Was gibt es?«

»Schön sieht es hier aus. Viel heller als vorher.« Er blickte zum frisch getünchten Gewölbe hoch.

»Ich dachte, die Gaststube könnte etwas neue Farbe vertragen.«

»Ich finde, du machst dich sehr gut als Gastwirtin. Das war ein kluger Entscheid von deinem Onkel, dir das Wirtshaus zu überschreiben.«

»Aber deswegen seid Ihr sicher nicht hergekommen.«

»Nein. Die Steuer deines Onkels steht noch aus.«

»Ist es viel?«

»Fünf Kronen. Bis Ende des Jahres. Spätestens.«

Anna Catrina zuckte zusammen. Sie hatte zurzeit kein Geld. Das ganze Erbe, das ihr der Onkel hinterlassen wollte, hatte sie diesem Weibel gegeben, um ihre Tante sehen zu können. Zugleich spürte sie einen stechenden Schmerz im Bauch. Sie krümmte sich leicht nach vorne.

»Was hast du?«

»Nur ein bisschen Magenschmerzen.«

Sie strich eine Falte ihres Rockes glatt. Der Schmerz ließ etwas nach, doch kam er wieder zurück, mit einer Heftigkeit, die sie beinahe zu Boden riss. Sie musste sich hinsetzen.

»Soll ich nach dem Bader rufen?«

»Nein, es geht gleich wieder.« Sie richtete sich auf und wischte den Schweiß aus dem Gesicht.

»Bist du sicher, dass es der Magen ist?« Er deutete mit dem Kinn auf ihren Bauch.

»Was denn sonst?«

Menga kam mit dem Becher Wasser und stellte es vor den Landammann hin. Sie blieb stehen und sah die beiden an.

»Ist der Fisch schon fertig?«, fragte Anna Catrina die Magd.

Menga schüttelte den Kopf und verschwand widerwillig in der Küche.

»Vor ein paar Monaten war doch das mit diesem Balzer ...«, begann der Landammann.

Anna Catrina hielt sich schützend den Bauch. »Ich weiß nicht, was Ihr meint.«

»Bekommst du ein Kind?«

Sie schüttelte den Kopf. Tränen stiegen ihr in die Augen.

Er blickte auf ihren Bauch. »Wann ist es soweit?«

»Schon bald«, sagte sie leise.

»Das ist nicht gut.«

»Ich weiß.«

»Ich muss dich warnen, Anna Catrina.«

»Warnen? Wovor?«

»Du weißt, die Leute sind unberechenbar.«

Und wie sie das wusste.

»Man wird sagen, dass es ein Kind des Teufels sei.«

»Wie bitte? Aber ihr wisst genau, wie es zustande gekommen ist. Balzer hat mich …«

»Er wird alles abstreiten. Und dir wird niemand glauben. Einer Diebin glaubt niemand.«

»Und was soll ich jetzt tun?«

»Hast du niemanden, der als Vater in Frage käme? Irgendeinen Verehrer?« Er führte den Becher zum Mund, stellte es aber ohne davon zu trinken wieder hin.

Anna Catrina dachte an Clau und schüttelte den Kopf.

»Dann musst du es fortgeben.«

Sie schlug mit der Faust auf den Tisch. »Was! Wieso fortgeben? Niemals!«

»Sie werden dich als Hexe denunzieren. Dir den Kopf abschlagen. Und ich kann dich nicht beschützen.«

»Aber es weiß doch niemand etwas.« Anna Catrina dachte an Barbla. Und Clau. Doch die würden dicht halten.

»Und das ist auch gut so. Es gibt da noch eine andere Möglichkeit«, sagte der Landammann.

»Niemals. Ich bringe mein Kind nicht um. Das könnt Ihr vergessen.«

»Du musst es weggeben. So hart es klingt. Es wird so oder so ohne Mutter aufwachsen. – Und bis dahin hältst du dich am besten von der Öffentlichkeit fern.«

»Und wem soll ich es geben?«

»Ins Kloster von Disentis? Sie hätten die Mittel, es aufzuziehen.«

»Zu den Katholiken? Nie im Leben!«

»Bitte Anna, überleg's dir.«

In der Gaststube roch es nach frischem Kalk. Barbla und Anna Catrina saßen vor einem Becher saurem Most. Sonst war niemand im Lokal. Anna Catrina hatte Barbla gerade von ihrem Gespräch mit dem Landammann erzählt.

»Und was würdest du an meiner Stelle tun?«, fragte sie ihre Freundin.

Barbla nahm einen großen Schluck. »Das ist eine schwierige Frage. Balzer zur Rechenschaft ziehen kannst du nicht. Es selber aufziehen geht auch nicht. Ich finde die Idee mit dem Kloster gar nicht so schlecht. Da bekommt es wenigstens eine gute Erziehung. Die Patres würden sich gut um das Kleine sorgen. Und es wäre gar nicht so weit weg.«

»Ich soll mein Kind von den Katholiken aufziehen lassen? Die haben ja nicht mal denselben Kalender wie wir. Und wieso sollten sie das Kind nehmen?«

»Keine Ahnung. Aus Nächstenliebe? Meine Mutter hat mir erzählt, dass mal ein Kleinkind einfach vor die Pforte gelegt wurde.«

»Und die haben es dann geholt?«

»Ja, klar.«

»Ich weiß nicht.«

»Die andere Möglichkeit wäre natürlich, dass du es nicht bekommst. – Aber was ist eigentlich mit Clau. Der wäre doch ein guter Vater.«

»Ich liebe ihn nicht.«

»Was spielt denn das für eine Rolle? Ihr kennt euch schon ewig, passt gut zusammen, du brauchst einen Vater und er liebt dich. Aussehen tut er auch nicht so schlecht.«

»Ich kann keinen Mann heiraten, den ich nicht liebe. Das wäre Verrat. Ich bin mir auch nicht sicher, ob ich überhaupt heiraten möchte.« Sie erzählte Barbla von den Frauen im Salon und wie sie über die Männer gesprochen haben.

»*Pulenta!* Was musst du auch immer so stur sein. Du liebst ihn dann schon, wenn ihr zusammen seid.«

»Ich glaube, ich werde mir das mit dem Kloster überlegen«, entgegnete Anna Catrina.

Am Abend kamen ein paar Gäste. Ein Fremdarbeiter aus dem sanktgallischen Rheintal übernachtete in einer der Kammern.

Anna Catrina wollte gerade schließen, als Balzer

mit seinen Kollegen und einer Frau, die Anna Catrina noch nie gesehen hatte, die Gaststube betrat.

»Ich mache gleich zu«, sagte Anna Catrina. Sie wischte die Tische mit einem feuchten Tuch ab und trocknete sie mit der Schürze nach.

»Jetzt sei nicht so pingelig. Wir bleiben nur auf einen Becher.« Sie setzten sich hin. Balzer zog die Frau auf seinen Schoß.

»Gut, einen Becher«, sagte Anna Catrina. »Mehr nicht.« Sie ging in die Küche und füllte drei Becher.

Am liebsten hätte sie die Vier aus dem Lokal geworfen. Doch was konnte sie als Frau gegen drei Männer ausrichten?

Sie wischte die Küche, wusch Becher ab. In der Gaststube wurde es immer lauter. Die Frau kreischte. Anna Catrina hatte Angst, dass dadurch der Handwerker wach werden würde.

Als sie in die Stube kam, hatte Balzer seine Hand unter die Bluse des Mädchens geschoben. Sie ließ es sich bereitwillig gefallen, lachte. Die anderen beiden würfelten.

»Siehst du, so ginge es auch!«, sagte er zu Anna Catrina. »Bring uns noch eine Runde.«

»Wir haben abgemacht …«

»Jetzt hab dich nicht so. Sei keine Spielverderberin«, sagte einer von Balzers Kollegen.

»Außerdem sind Würfelspiele verboten. Ihr geht jetzt sofort. Wenn nicht …«

»Was, wenn nicht?« Balzer schubste die Frau von seinem Schoß und baute sich vor Anna Catrina auf.

Sie schaute ihm tief in die Augen, wich seinem Blick nicht aus. »Du nimmst jetzt deine Kollegen und verschwindest, sofort. Von mir bekommst du nichts mehr.«

»Das wird dir noch leid tun«, sagte Balzer ohne seinen Blick von ihr abzuwenden.

»*Cumpogns*, wir gehen. Wir sind hier nicht willkommen.« Sie verließen das Lokal, das Mädchen lief kichernd hinterher.

Anna Catrina räumte die Becher zusammen und stellte sie in einen Zuber. Die würde sie morgen abwaschen. Für heute hatte sie genug.

Erst jetzt merkte sie, dass sie am ganzen Körper zitterte.

KAPITEL 18

Es hat sich bewegt.« Barbla hielt die Hand auf Anna Catrinas Bauch.

»Es wird ein Bub«, sagte Anna Catrina.

»Wieso meinst du?«

»Ich weiß es einfach.«

»Das werden wir sehen«, gab Barbla zurück.

»Es wird ein Bub«, wiederholte Anna Catrina.

»Gut, ich glaube dir ja. Und wie willst du es nennen?«

Anna Catrina überlegte. »Jon?«

»Das ist ein hübscher Name«, antwortete Barbla.

Anna Catrina zuckte zusammen. Es schien ihr den Bauch zu zerreißen. Sie schrie auf.

»Anna, was ist?« Barbla sprang auf. »Ich hole Gelgia.«

»Nein, lass nur, es vergeht schon wieder.«

Die zweite Wehe war noch stärker. Sie krümmte sich vor Schmerz. Dann war es wieder vorüber. Auf einmal rann ihr etwas Nasses die Beine hinunter.

»Ich hole, Gelgia«, sagte Barbla und war bereits aus dem Zimmer verschwunden.

Es schien eine Ewigkeit zu dauern, bis Barbla mit Gelgia zurückkam. Anna Catrina saß immer noch gekrümmt auf dem Stuhl.

»Leg dich hin«, befahl Gelgia. »Barbla, hol heißes Wasser und frische Tücher!«

Es dauerte noch bis in die frühen Morgenstunden, bis das Kind kam.

»Es ist ein Bub!«, hörte Anna Catrina Barbla rufen. Sie hob den Kopf so gut es ging und streckte die Arme nach dem Kind aus. Doch Gelgia übergab das Kleine Barbla, die es aus dem Zimmer brachte.

»Bitte, ich möchte es nur kurz halten.«

»Glaube mir, es ist besser so«, sagte Gelgia. »Barbla wird alles so machen, wie besprochen.«

»Aber ich möchte es doch nur ganz kurz ... Bitte, lasst es mich in den Arm nehmen!« Tränen liefen ihr die Wangen hinunter. Erschöpft ließ sich Anna Catrina ins Kissen fallen.

Die Konturen schälten sich langsam aus der Dunkelheit heraus. Barbla konnte die Pforte erkennen. Dann plötzlich ein ohrenbetäubender Lärm. Die

Glocken läuteten zum Morgengebet. Das war gut. Nun war sicher schon jemand wach.

Sie war noch am selben Abend losgelaufen. Bis Disentis waren es doch ein paar Stunden. Sie hatte dem Kind vor der Abreise noch etwas warme Geißenmilch zu trinken gegeben. Danach war es friedlich eingeschlafen und sie konnte den Kleinen die ganze Zeit auf dem Rücken tragen.

Jetzt kauerte sie hinter einem Busch und wartete bis das klösterliche Leben erwachte. Das Kind hatte sie auf ein paar Grasbüschel gebettet.

Auf einmal hörte sie ein Rascheln ganz nah – ein Vogel flatterte kreischend in den Morgenhimmel.

War das ein Zeichen? Sie schaute sich um. Es war niemand zu sehen. Sie nahm den Kleinen auf den Arm und schlich Richtung Pforte. Schaute sich immer wieder um. Das Kind war erwacht. Es sah sie an mit seinen graublauen Augen. Angst war darin keine zu erkennen. Vielmehr schienen die Augen Vertrauen auszuströmen. Als ob sie ihr Mut machen wollten.

Sie küsste es auf die Stirn, legte es auf den Boden direkt vor die Tür. Dann zog sie an der Kordel mit der Glocke. Einmal. Zweimal. Blickte nochmals zum Kind und rannte, so schnell sie konnte, wieder hinter den Busch.

Lange Zeit passierte nichts. Das Kind lag reglos

am Boden. Ein Fuchs schlich herbei. Barbla wollte aufspringen, um ihn zu vertreiben. Doch er schnupperte nur kurz am Bündel und rannte davon.

Dann endlich öffnete sich die Pforte. Ein Pförtner trat heraus, sah das Kind, bückte sich, hob es auf, strich ihm über das Köpfchen. Er schaute sich in alle Richtungen um, Barbla duckte sich. Er schien sie nicht entdeckt zu haben. Dann wandte er sich wieder dem Kind zu und ging durch die Pforte in den Hof des Klosters.

Schon am nächsten Tag stand Anna Catrina wieder in der Küche des »Löwen«. Sie konnte Menga nicht länger allein lassen. Zwei Kammern waren belegt und auch im Wirtshaus war schon am frühen Morgen einiges los.

Einer der Fuhrleute, die hier übernachtet hatten, kam die Treppe herunter. Er kratzte sich zuerst an dem einen Arm, dann am anderen.

»Ich dachte, du führst hier eine saubere Gaststätte«, sagte er zu Anna Catrina, die ihm einen guten Morgen wünschte.

»So ist es auch«, entgegnete sie ihm. »Sauberkeit ist bei uns …«

»Dann schau dir das einmal an.« Er rollte den Ärmel nach hinten, der ganze Arm war mit roten Punkten und Pusteln übersät. »Das sieht mir doch sehr nach Flöhen aus. Eine Schweinerei ist das. Schließen sollte man dein Gasthaus.«

»Aber das kann nicht sein, vielleicht habt Ihr das schon vorher …«

Anna Catrina konnte sich nicht erinnern, dass es im Gasthaus ihres Onkels jemals Ungeziefer gegeben hatte. Vielleicht hatte der Gast das Ungeziefer selber mitgebracht. Aus der vorigen Unterkunft.

Nun kam auch der zweite Gast die Treppe herunter. Und kratzte sich ebenfalls.

Anna Catrina rannte die Treppe hoch am Gast vorbei. Die Ziegenfelle auf den Lagern waren mit Flöhen übersät.

Das konnte nicht sein, dass die sich so schnell vermehrt hatten. Gestern Nachmittag hatte sie noch alles kontrolliert.

»Menga, ist gestern jemand in den Kammern gewesen?«, fragte sie die Magd, die in der Küche im Roggenbrei rührte. Nerin strich ihr um die Beine.

»Gestern Abend, als du weg warst? Lass mich überlegen.« Sie hielt mit Rühren inne. Anna Catrina nahm ihr die Holzkelle aus der Hand und rührte weiter.

»Der Leonhard aus Sevgein war hier und die Lutta-Brüder. Aber zu den Kammern gegangen? Nicht, dass ich etwas gesehen hätte. Der Balzer, der ist mal länger auf dem Abtritt gewesen, aber …«

»Balzer war auch hier?«, fragte Anna Catrina.

»Habe ich das nicht gesagt? Mit seinen zwei *cumpogns* wie immer.«

»War auch ein Mädchen dabei?«

»Nein, es waren nur Männer hier. Wie immer.«

Anna Catrina wusste selber nicht, wieso sie das gefragt hatte. Vielleicht, weil ihr die Kleine leidtat.

Sie betrat die Gaststube und ging zu den beiden Fuhrleuten, die Roggenbrei in sich hineinschaufelten.

»Es tut mir sehr leid, was Euch wiederfahren ist. Aber normalerweise ist es hier wirklich …«

»Interessiert mich nicht, wie es hier normalerweise ist.« Der eine kratzte sich am Bein. »Ich werde deine Herberge auf jeden Fall nicht weiterempfehlen.«

»Das wäre ja gelacht.« Der andere rülpste.

»Es tut mir wirklich sehr leid«, beteuerte Anna Catrina.

Die beiden Männer schauten einander an. Der eine zuckte mit den Schultern. Dann aßen sie weiter.

»Barbla, ich weiß nicht, was ich machen soll.« Sie standen am hinteren Eingang der Casa Gronda.

»Konntest du die Flöhe loswerden?«

»Ja, mit Rainfarn. Ist wieder alles sauber. Aber darum geht es gar nicht.«

»Um was denn?«

»Es ist wegen Balzer«, flüsterte Anna Catrina.

Ein Knecht kam mit einem Pferd von den Stallungen – ein paar grob verputzten Gebäuden aus Stein, die sich hinter der Casa Gronda an die Gasse reihten – und schaute zu den beiden Frauen.

»So, ihr Weiber, habt ihr nichts zu tun?«

»Halt du nur die Klappe, Gieri«, gab ihm Barbla zurück. »Der wird auch immer unverschämter.«

»Ich bin das gewohnt. Von den Männern«, erwiderte Anna Catrina.

»Und was hat nun der Balzer mit diesen Flöhen zu tun?«

Gieri ging an ihnen vorüber.

»Er hat mir kürzlich gedroht. Ich müsse büßen, hat er gesagt.«

»Der macht mich so wütend!« Barbla hob die Faust. »Und jetzt hat er auch noch Flöhe verstreut?«

»Ich kann mir nicht vorstellen, wie die sonst dahin gekommen sind.«

»Hast du ihn zur Rede gestellt?«

Gieri kam wieder zurück. Diesmal ohne Pferd. Die Frauen warteten, bis er außer Hörweite war.

»Nein, noch nicht. Ich weiß nicht, was ich machen soll. Er vergrämt mir die ganzen Gäste, indem er mit einer Hure in die Gastwirtschaft kommt, und jetzt macht er meinen Gasthof schlecht, indem er Flöhe aussetzt.«

»Hast du schon mit dem Landammann gesprochen?«

Anna Catrina musste an die Unterhaltung denken, als es darum ging, Balzer wegen Vergewaltigung anzuzeigen.

»Es muss doch eine Lösung geben, diesen Balzer loszuwerden«, fuhr Barbla fort. »Geh zum Landammann, der ist dir doch wohlgesonnen.«

»Da ist noch etwas anderes.«

Barbla schaute sie fragend an.

»Uri hat seine Steuern nicht bezahlt. Nicht bezahlen können.« Sie erzählte ihr vom Weibel, dem sie alles Geld gegeben hatte. »Und das Wirtshaus läuft nicht gerade gut. Wer kehrt schon bei einer Diebin ein. In einem Wirtshaus, in dem es Flöhe gibt und wo Huren verkehren?«

»Anna, ich würde dir so gerne helfen.« Barbla überlegte kurz. »Frag doch Dorothea von Planta. Vielleicht kann sie dir ...«

»Ich möchte nicht in ihrer Schuld stehen. Ich möchte in niemandes Schuld stehen«, erwiderte Anna Catrina.

»Du bist manchmal so dickköpfig.«

»Ich weiß.«

Die Gaststube war den ganzen Tag leer gewesen. Keine Gäste und auch niemand, der übernachten wollte. Offenbar hatte sich herumgesprochen, wie es im »Löwen« zuging. Sie hatte Menga nach Hause geschickt, was diese dankbar angenommen hatte.

Am Vortag war sie nach dem Gespräch mit Barbla noch beim Landammann gewesen. Sie hatte ihn um einen Aufschub der Zahlung gebeten. Doch er ließ sich nicht erweichen. Bis Ende des Monats müsse er die fünf Kronen haben. Daraufhin hatte sie es nicht mehr gewagt, ihm vom Problem mit Balzer zu berichten.

Sie zündete eine Kerze an und setzte sich in den Gastraum. Schaute sich um. Das war alles, was ihr von ihrem Onkel geblieben war. Und sie schaffte es nicht, das Wirtshaus zu unterhalten. Wenn es so weiterging, war sie gezwungen, es zu verkaufen. Doch wovon sollte sie dann leben? War es ein Fehler, Claus Angebot nicht angenommen zu haben? Dann hätte sie zwar einen Mann im Haus gehabt, doch Claus hätte auch nichts gegen Balzer ausrichten können. Dafür war er zu jung und zu schwach. Und sie liebte ihn nicht. Die schwarze Katze strich ihr schnurrend um die Beine.

Plötzlich hörte sie, wie die Tür aufging. Zuerst erkannte sie ihn gar nicht im Kerzenschein. Es war Balzer. Er setzte sich wortlos zu ihr hin. Sie blickte auf die Tischplatte.

»Nicht viel los heute«, sagte er. »Bring mir einen Wein.«

Sie hätte ihm den Wein am liebsten über den Kopf

geleert. Doch sie stellte ihn vor Balzer hin. Sie blieb stehen.

»Komm, setz dich zu mir.« Er packte sie am Arm und bugsierte sie auf den Stuhl. Anna Catrina wehrte sich nicht.

»So ist es gut.« Er nahm ihre Hände in seine. Zuerst fast zärtlich, dann drückte er zu.

Sie hätte am liebsten aufgeschrien, doch sie biss sich auf die Lippen und drückte die Augen zu.

Er lockerte seinen Griff. »Hast du nun genug?«

Anna Catrina sagte nichts.

»Es könnte auch ganz anders sein.« Er strich ihr über die Wange. Sie wandte den Kopf zur Seite.

Mit einem Ruck drehte sie ihn wieder zurück. »Du gibst es also zu?«

»Was soll ich zugeben?«

»Dass du es warst.«

»Was soll ich gewesen sein?«

»Das mit den Flöhen.«

Er lachte. »Was für Flöhe?«

»Du kannst mich nicht für dumm verkaufen. Seit diesem Abend versuchst du es mir heimzuzahlen. Dabei habe ich dich nicht einmal angezeigt. Obwohl ich das hätte tun können.«

»Und niemand hätte dir geglaubt.« Er nahm einen Schluck Wein.

»Du Scheusal.«

»Du bist hübsch, wenn du wütend bist.«

Sie holte mit der Hand aus. Er fing sie ab.

»Und Weiber, die schlagen, mag ich ganz besonders.«

Sie versuchte sich loszumachen. Vergeblich.

»Ich möchte, dass du meine Frau wirst.«

»Wie bitte?« Sie spürte wie sich ihr Magen zusammenkrampfte. »Deine Frau?«

»Genau. Ist das so schwierig zu verstehen?«

Am liebsten hätte sie ihn angespuckt. Doch sie unterließ es. »Ich werde nie deine Frau werden. Solange ich lebe. Vergiss es.«

»Das werden wir ja sehen. Spätestens wenn du das Wirtshaus nicht mehr halten kannst, wirst du keine andere Wahl haben.«

»Was weißt du denn davon!«

»Dass du Schulden hast, die du nicht bezahlen kannst.«

»Und wieso habe ich diese wohl?«

»Keine Ahnung. Schlechtes Wirtschaften vielleicht?«

»Weil du mir das ganze Geschäft vermiest. Zuerst mit deiner Hure und dann mit den Flöhen.«

»Maria ist keine Hure. Sie ist meine Freundin.« Er fuhr mit dem Zeigefinger den Rand des Bechers entlang.

»Freundin ... Aber gut, dann brauchst du ja auch keine Frau.«

»Das eine schließt das andere nicht aus. Und überleg mal. Wäre es nicht sinnvoll, du hättest jemanden, der dich beschützt?«

»Ich kann mich gut selber beschützen.«

»Und deinen Balg.«

»Woher weißt du, dass ich …«

»Die Vögel haben es mir gezwitschert. – Du könntest ihn behalten.«

Anna Catrina starrte ihn an.

»Schließlich ist es ja mein Kind. Oder irre ich mich etwa? Ist es von diesem Hans? Aber der scheint offenbar nicht dazu zu stehen.«

»Das geht dich überhaupt nichts an.«

Die schwarze Katze sprang Anna Catrina auf den Schoß.

»Vielleicht ist es ja auch vom Teufel. Passen würde es ja zu dir.« Er deutete mit dem Kinn auf Nerin. »Wenn das die Leute erfahren, dann …«

»Du erpresst mich?«

»Ich versuche dir nur, die Vorteile aufzuzeigen. «

»Ich glaube, du solltest jetzt gehen.«

»Gut.« Er erhob sich. »Aber ich komme wieder. Du hast eine Woche Zeit.«

Was sollte sie nun machen? Nie und nimmer würde sie diesen Balzer heiraten. Doch wenn er seine Drohung wahrmachte und ausplauderte, dass sie ein uneheliches Kind hatte? Sie würden sie in den Kerker stecken und so lange quälen, bis sie zugab, wo das Kind war. Das konnte sie nicht riskieren. Es blieb ihr nur noch eine Möglichkeit. Sie musste weggehen. Vielleicht nach Chur oder noch weiter, wo sie niemand kannte, niemand von dem Kind wusste. Sie dachte an ihren Vater. Wenn er ihr doch nur helfen könnte.

VII.
DIE TOCHTER

KAPITEL 19

Am nächsten Morgen war die Gaststube leer. Nicht mal ein Einheimischer kam, um sich seinen Frühschoppen zu genehmigen. Balzer hatte ganze Arbeit geleistet.

Anna Catrina saß in der Küche, Nerin auf dem Schoß, und konnte sich nicht entschließen, das Feuer anzumachen und einen Brei zu kochen.

Da ging die Tür. Sie lauschte. Doch es waren keine Schritte zu hören. Seltsam. Sie setzte Nerin auf den Boden und erhob sich.

Plötzlich stand Cäcilia vor ihr.

»Cäcilia, *co vai cun tei*, wie geht es dir?«, sagte sie überrascht und umarmte das Mädchen. »Wir haben uns lange nicht mehr gesehen!«

Die Kleine nickte. »Ich habe etwas für dich.« Sie kramte in ihrer Tasche und zog etwas heraus und streckte es Anna Catrina entgegen.

Es war das Amulett.

Anna Catrina nahm es, drückte es fest gegen ihre Brust. »Wo um Himmels Willen hast du das her?«

»Gefunden.«

»Ja, aber wo?«

»Ich hab dir doch mal von diesem Geheimgang erzählt. Dort habe ich gestern mit Pieder gespielt. Und da haben wir eine Truhe gefunden. Und das Amulett war drin.«

»Hast du deinen Eltern davon erzählt?«

»Nein, natürlich nicht. Sonst hätte ich ja zugeben müssen, dass ich in diesem Geheimgang war.«

»Und was machen wir jetzt damit?«

»Keine Ahnung. Es gehört doch dir, oder?«

Anna Catrina nickte. »War noch etwas anderes in dieser Truhe?«, fragte sie.

»Nein, nur das Amulett.«

»Und du hast keine Ahnung, wem diese Truhe gehört.«

»Nein, ich habe sie noch nie gesehen.«

»Ich danke dir vielmals, dass du mir den Schmuck gebracht hast.« Sie umarmte Cäcilia. »Jetzt geh aber wieder schön nach Hause, bevor sie dich vermissen.«

»Die vermissen mich doch gar nicht. Denen ist egal, ob ich da bin oder nicht.«

»So darfst du nicht denken, Cäcilia.«

Nachdem das Kind gegangen war, war es wieder still in der Küche. Anna Catrina hielt das Amulett in der Hand und starrte es an, als ob darauf die Antwort geschrieben wäre.

Wer konnte das Amulett versteckt haben? Waren das die Diebe gewesen, die sie vor Ilanz überfallen hatten? Aber wie kamen die in den Geheimgang?

Wer wusste überhaupt von diesem Geheimgang? Außer Dorothea von Planta und Hans?

Und wie sollte sie herausfinden, wer es dort hingetan hatte?

Aber wieso hatte man es ihr überhaupt weggenommen? Wollte da jemand, dass sie nicht herausfand, wer ihr Vater war?

Gerne hätte sie mit jemandem darüber gesprochen. Aber mit wem? Barbla war seit dem Ausflug nach Chur nicht gut auf das Amulett zu sprechen. Sie glaubte immer noch, dass Anna Catrina es war, die sie eingesperrt hatte.

Sie hielt inne.

Vielleicht war das der Schlüssel?

Hatte man Barbla absichtlich daran gehindert, nach Ilanz zu gehen, damit sie, Anna Catrina nach Chur ging und damit man ihr das Amulett entwenden konnte? Dann brauchte sie nur herauszufinden, wer Barbla eingesperrt hatte. Sie musste unbedingt mit Barbla sprechen.

»Wir müssen herausfinden, wer dich damals in deiner Kammer eingesperrt hat«, sagte Anna Catrina.

»Jetzt hör mal auf mit dieser alten Geschichte. Ich möchte nicht mehr daran erinnert werden. Und außerdem ist es inzwischen auch egal.« Barbla verzog das Gesicht.

»Nein, ist es nicht.« Anna Catrina erzählte ihr vom Amulett-Fund im Geheimgang.

»Glaubst du, dass die Schmid von Grünecks etwas damit zu tun haben?« Barbla schaute sie lange an. »Das kann ich mir nicht vorstellen. Wieso sollten sie dir ein Amulett stehlen? Die haben doch selber genug Schmuck. Und dann noch auf so eine aufwändige Weise. Dich nach Chur zu locken, um dich dann überfallen zu können. Das glaube ich nicht. Sie hätten es dir doch auch in Ilanz entwenden können.«

»Ja, schon. Aber es wäre auffälliger gewesen. Und hier kennt doch jeder jeden. Da kann man nicht einfach etwas stehlen, ohne dass es jemand sieht.«

»Das stimmt.« Barbla dachte nach. »Aber einen so großen Aufwand betreiben, nur wegen eines Schmuckes. Das kann ich nicht recht glauben. Und dann noch einen Knecht umbringen.«

»Vielleicht steckt ja noch mehr dahinter. Das Amulett ist schließlich mehr als nur ein Schmuck. Es ist ja auch der Weg zu meinem Vater.«

»Du meinst, dein Vater möchte nicht erkannt werden und das Amulett hätte ihn verraten?«

»Aber was wäre denn so schlimm daran? Er hat mir ja auch die eine Hälfte zurückgelassen nach meiner Geburt. Macht man so etwas nicht, damit man jemanden später wiederfindet?«

»Du hast recht. Irgendetwas stimmt hier nicht. Fangen wir also bei meinem Zimmer an. Es konnte mich nur einsperren, wer einen Schlüssel zu meiner Kammer hatte.«

»Und wer hat alles einen?«

»Das werde ich herausfinden.«

Barbla steckte Dorothea von Planta eine Haarsträhne hoch und befestigte sie mit einer Klammer.

»Ich habe den Schlüssel zu meiner Kammer verloren. Gibt es einen Ersatzschlüssel?« Barbla versuchte, es möglichst beiläufig klingen zu lassen.

»Verloren?« Dorothea von Planta drehte sich um. »Wie kommt denn so etwas?«

»Ich weiß nicht, ich trage den Schlüssel immer in der Tasche meiner Schoß, wenn ich nicht in der Kammer bin.«

»Du schließt deine Kammer immer ab?«

Barbla nickte.

»Es gibt in unserem Haus keine Diebe.«

Offenbar schon, dachte Barbla. Sie steckte eine weitere Strähne hoch, nachdem Dorothea von Planta den Kopf wieder nach vorne gedreht hatte. »Es tut mir wirklich leid. Das war sehr blöd von mir. Natürlich habe ich großes Vertrauen in alle, die hier arbeiten und wohnen.«

»Das hoffe ich doch. Aua!«, schrie Dorothea von Planta.

Schnell zog Barbla die Nadel zurück. Sie musste sie zu nahe an der Kopfhaut platziert haben. »Bitte entschuldigt.«

»Kannst du nicht besser aufpassen!«

Barbla wusste nicht, wie sie das Thema nochmals ansprechen sollte, ohne dass es zu auffällig wirkte.

Doch Dorothea von Planta kam nach längerem Schweigen wieder selber darauf zu sprechen. »Ich werde mal nachschauen, ob wir noch einen Ersatzschlüssel haben. – Bist du jetzt endlich fertig?«

»Noch eine Nadel und dann ist gut.«

Dorothea von Planta schaute sich im Handspiegel an, drehte den Kopf zuerst nach rechts, dann nach links und lächelte. Offenbar war sie mit dem Ergebnis zufrieden. Dann erhob sie sich.

Und was ist jetzt mit dem Schlüssel?, hätte Barbla am liebsten gefragt, doch Dorothea von Planta machte keine Anstalten, nach dem Schlüssel zu suchen.

»Du kannst jetzt gehen.«

Barbla blieb stehen.

»Den Schlüssel lasse ich dir aufs Zimmer bringen, wenn noch einer da ist.«

Das war nicht wirklich gut gelaufen. Schließlich

wollte sie wissen, wo ihre Herrin die Schlüssel aufbewahrte und wer alles Zugang zu den Schlüsseln hatte. Was sollte sie jetzt machen? Sie konnte ihre Herrin nicht gut überwachen.

Barbla hatte sich bereits auf ihr Lager niedergelassen, als es an der Türe klopfte. Eine Magd brachte ihr den Schlüssel. Dummerweise hatte Barbla den ihren im Schlüsselloch stecken lassen. Das sah die Magd und schaute sie verwirrt an.

»Ich, ich habe ihn wiedergefunden«, stammelte Barbla.

»Dann kann ich ihn wieder mitnehmen?«

»Ja, gerne. Aber sag, wo hast du ihn her?«

»Die hängen alle in der Küche in dem kleinen Schränkchen. Hast du das nicht gewusst?«

»Und wer hat den Schlüssel zu diesem Schränkchen?«

»Keine Ahnung. Aber es ist gar nicht abgeschlossen.«

»Ach so.«

Es hätte sich also jeder den Schlüssel holen können. Sie waren wieder am Anfang.

»So, hast du es dir überlegt?«, fragte Balzer und setzte sich breitbeinig auf einen Stuhl.

»Was überlegt?«, wollte Anna Catrina wissen, obwohl sie wusste, was er meinte.

»Hast du nun endlich genug?« Er schaute sich in der leeren Wirtsstube um. »Viele Gäste scheinst du ja nicht zu haben.«

»Das geht dich nichts an.«

»Ich habe gehört, dass du bis Ende der Woche deine Steuer bezahlen musst.«

»Was du auch immer hörst.«

Er stand auf und trat auf sie zu. Griff nach ihren Hüften.

»Anna, du würdest es gut bei mir haben.«

»Das kann ich mir vorstellen.« Sie machte sich los.

»Nun komm schon, hab dich nicht so!«

Plötzlich ging die Tür. Sie sah zuerst im Gegenlicht nicht, wer es war. Er trug einen Hut mit Feder.

»Herr von Grüneck.« Anna machte reflexartig einen Knicks. Er schaute zuerst sie an, dann Balzer, dann wieder zu ihr zurück.

»Ich wusste gar nicht, dass Ihr im Land seid. – Was kann ich für Euch tun?«

»Ich bin eben erst zurückgekehrt und habe ein paar Freunde mitgebracht. Nun haben wir in der Casa Gronda leider zu wenig Platz, um alle einzuquartieren. Wie sieht es bei dir aus? Hast du noch die eine oder andere Kammer frei?«

»Die eine oder andere Kammer«, äffte Balzer ihn nach. »Dass ich nicht lache.«

Johann Anton Schmid von Grüneck sah ihn streng an. Seine Augen funkelten. Dann wandte er sich wieder Anna Catrina zu.

»Es wäre mir eine große Ehre, wenn ich Eure Gesandtschaft beherbergen dürfte.«

»Gut, ich werde sie zu dir schicken.« Und schon war er wieder durch die Tür verschwunden.

Sie schaute Balzer triumphierend an. »Das Geschäft scheint doch nicht so schlecht zu laufen. Und von Grünecks Vasallen werden sicher gut bezahlen.«

»Freu dich nicht zu früh. Eine Schwalbe macht noch keinen Sommer.«

»Ich glaube, du solltest jetzt gehen. Ich habe zu tun. Und das mit den Flöhen solltest du in Zukunft lassen. Ich schwöre dir, ich zeige dich an.«

»Wer wird dir schon glauben. Einer Diebin, die am Pranger stand.«

»Das werden wir sehen.«

KAPITEL 20

Die nächsten paar Tage hatte Anna Catrina keine Zeit, um sich wegen des Amuletts Gedanken zu machen. Die Wirtsstube war meistens voll, was auch noch andere Gäste anzog. Der Tag war ausgefüllt mit Kammern putzen, Kochen und Bedienen.

Die Freunde von Johann Anton Schmid von Grüneck waren eine sehr angenehme Kundschaft. Höflich und zuvorkommend. Sie bediente sie gerne. Nicht wie Balzer und seine Kumpanen.

Einer gefiel ihr besonders gut. Duri. Er war nicht von hohem Rang und Namen und doch ein enger Freund der Familie Schmid von Grüneck. Es war nicht zu übersehen, dass er ihr den Hof machte. Am Abend war er immer einer der letzten, die gingen.

Eines Abends, es war schon spät geworden, die anderen waren bereits in ihren Kammern verschwunden, half er ihr, die noch auf den Tischen stehenden Becher abzuräumen.

Anna Catrina hatte auch etwas getrunken und so

wehrte sie sich nicht, als er hinter sie trat und sich an ihren Rücken schmiegte. Sie drehte sich um.

Zuerst küsste er sie auf die Stirn, dann auf den Mund. Sie ließ es geschehen.

Er löste die Kordel ihrer Bluse und schob seine Hand hinein. Anna Catrina wehrte ihn ab und trat einen Schritt zurück.

»Was habt Ihr denn da?« Er musste das Amulett gesehen haben und zog es heraus. Und erstarrte. »Wo habt Ihr das her?«

»Das ist eine lange Geschichte«, sagte Anna Catrina. »Die werde ich Euch mal bei Gelegenheit erzählen.«

»Erzählt sie mir jetzt.«

»Kennt Ihr es denn?«

»Bitte, erzählt!«

»Es ist von meinem Vater.«

»Von Eurem Vater?«

»Ja. Wisst Ihr etwas darüber?«

»N-Nein.«

»Und wieso seid Ihr dann so erstaunt?«

»Es hat mich an etwas erinnert.«

»Woran?«

»An ein ähnliches Amulett.«

»Und wie sah das aus?«

»So wie Eures. Es war aber nur die Hälfte.«

»Aber das war es auch. Bis ich es zusammenfügen ließ.

»Ihr habt beide Hälften?«

»Ja. Aber wo habt Ihr es gesehen?«

»Und woher habt Ihr die zweite Hälfte?«

»Ein Mann kam eines Abends ins Wirtshaus und sagte, er bringe es mir von meinem Vater. Es sei sein letzter Wunsch gewesen, bevor er gestorben sei. Er habe mit ihm zusammen im Krieg gekämpft. Aber ich habe ihm nicht geglaubt. Mein Vater lebt noch, das weiß ich. Darauf bin ich nach Chur gefahren, um herauszufinden, wo mein Vater heute lebt.

»Und? Habt Ihr es herausgefunden?«

»Nein. Er scheint wie vom Erdboden verschluckt.«

»Vielleicht kann ich Euch weiterhelfen, aber ich muss zuerst mit jemanden sprechen.«

»Ihr wisst, wem die andere Hälfte gehört?«

»Ich habe da so eine Ahnung.«

»Dann sagt es mir auf der Stelle!«

»Nein, das kann ich nicht. Ich habe jemandem das Versprechen abgegeben, ihm immer zu Diensten zu sein und das wäre ein Verstoß.«

»Gut, wenn Ihr es nicht wollt …«

»Ich werde mit der Person reden. Das versprech' ich Euch.

Es gab keinen Zweifel. Das Amulett, das diese junge Frau um den Hals trug, gehörte Johann Anton Schmid von Grüneck. Duri konnte sich noch gut erinnern, als dieser es auf dem Schlachtfeld verlor. Wie er es gesucht hatte. Verzweifelt. Ein anderer musste es gefunden haben.

Sie ritten Richtung Disentis. Johann Anton Schmid von Grüneck hatte da etwas Geschäftliches zu erledigen. Und er hatte Duri gebeten, mitzukommen.

»Vetter, ich muss Euch etwas fragen«, begann Duri.

»Nur zu«, sagte Johann Anton Schmid von Grüneck. »Fragt, was Ihr wollt.«

»Ihr habt doch in Frankreich dieses Amulett verloren.«

Johann Anton Schmid von Grüneck zog die Zügel an und versetzte sein Pferd in Schritt. »Das musste wohl so sein.«

»Wieso meint Ihr?«

»Nun, ich habe inzwischen eine Familie.« Er stieß seinem Pferd die Schenkel in die Flanken und ließ es wieder antraben. Duri tat es ihm gleich.

»Ihr möchtet also nicht mehr wissen, wer Eure Tochter ist? Ich kann mich noch gut erinnern, wie Ihr es überall in Frankreich gesucht habt, wie verzweifelt Ihr wart. Jahrelang habt Ihr darunter gelitten, dass Ihr nicht wusstet, wer Euer erstgeborenes Kind ist.«

»Wieso kommt Ihr mir jetzt mit diesem Amulett?«

»Ich glaube, ich habe Eure Tochter gefunden.«

Johann Anton Schmid von Grüneck schwieg.

»Wollt Ihr denn gar nicht wissen, wer es ist?«

»Und wie habt Ihr das angestellt?«

Duri wollte nicht auf die näheren Umstände seiner Entdeckung eingehen. »Ich habe eine Frau gesehen, die das Amulett trägt.«

»Und wo habt Ihr sie gesehen?«

»Hier in Ilanz.«

»Das kann nicht sein. Das wäre mir bestimmt auch aufgefallen.«

»Sie trägt das Amulett unter ihrer Bluse.«

»Und Ihr habt ihr einfach so unter die Bluse geschaut, wollt Ihr mich für blöd verkaufen?« Sein Pferd schüttelte den Kopf, schnaubte.

Duri erzählte Schmid von Grüneck, wie es dazu gekommen war.

»Anna Catrina ist meine Tochter?« Johann Anton Schmid von Grüneck schaute mit zusammengekniffenen Augen in die Weite. »Ein starkes Weib.«

»Das kann man wohl sagen.«

»Sagt, seid Ihr auch sicher, dass es dasselbe Amulett ist?«

»Ja, und außerdem war es ganz. Sie hat die beiden Hälften zusammenfügen lassen.«

»Das heißt, sie besitzt beide Hälften?« Er lenkte

sein Pferd an den Rand des Weges und blieb stehen. Ein Karren kam ihnen entgegen. Der Fahrer grüßte freundlich.

»Offenbar hat ihr jemand die andere Hälfte gebracht. Zusammen mit der Nachricht, ihr Vater sei tot.«

»Aber wer macht denn so etwas?«

»Keine Ahnung. Wohl jemand, der nicht will, dass sie nach ihrem Vater sucht.«

»Hat sie das denn getan?«

»Ja.«

Der Wagen war bereits vorüber, Johann Anton Schmid von Grüneck stand immer noch am Wegrand. Er schwang sich vom Pferd.

»Ihr meint, jemand hat mir das Amulett entwendet, um es dann meiner Tochter zu bringen, um ihr zu sagen, ich sei tot?«

»So muss es gewesen sein.« Sie gingen zu Fuß weiter.

»Aber wer möchte, dass ich nicht herausfinde, wer meine Erstgeborene ist?«

»Keine Ahnung.« Duri zuckte mit den Schultern.

Johann Anton Schmid von Grüneck ging schweigend weiter. Sein Pferd trottete mit gesenktem Kopf hinter ihm her. Offenbar dachte er nach. Dann blieb er stehen und wandte sich zu seinem Vetter um. »Ich kenne eigentlich nur eine Person, die da in Frage kommt.«

Und, wer ist es?, hätte Duri gerne gefragt. Aber Schmid von Grüneck machte eine so finstere Miene, dass er es bleiben ließ.

»Ihr steht mir im Weg.« Anna Catrina hatte gerade ein Huhn aus dem Ofen genommen und suchte einen freien Platz, wo sie es hinstellen konnte.

Duri wich zur Seite. Er stellte sich in den Türrahmen.

»Das ist ganz schlecht«, sagte Anna Catrina. »Ich muss dann gleich in die Wirtsstube. Das Huhn servieren.«

Duri schaute sich um. Es gab in der Küche keinen Platz, wo er sich hinstellen konnte und nicht im Weg war.

»Gut, dann warte ich eben draußen.«

»Und worauf wartet Ihr?«

»Ich muss Euch dringend sprechen.«

»Auf einmal? Da müsst Ihr wohl noch etwas Geduld haben. Heute ist viel los. Am Besten, Ihr wartet bis zum Feierabend.«

Sie saßen beim Nachtessen. Nur Dorothea und Johann Anton Schmid von Grüneck. Die Kinder hatten den Tisch bereits verlassen. Von Grüneck hatte sie weggeschickt, etwas Außerordentliches, denn sonst mussten sie immer bis zum Schluss bleiben.

»Dorothea, ich muss dich etwas fragen.«

»Ja, mein Liebster.«

»Es geht um mein Amulett.«

»Welches Amulett?«

»Dasjenige, das mir im Krieg gestohlen wurde.«

»Ich dachte, du hättest es verloren?«

»Du weißt also, wovon ich spreche.« Er wischte sich mit der Serviette den Mund ab.

»Gewiss. Du hast es ja lange genug gesucht.«

»Ich denke, dass du dahinter steckst.«

»Hinter was?« Sie stellte den Weinbecher, den sie gerade in die Hand genommen hatte, wieder hin.

»Hinter dem Diebstahl.«

»Und wie soll ich das angestellt haben? Soweit ich mich erinnere, war das in Frankreich. Da war ich doch gar nicht dabei.«

»Du könntest jemanden gebeten haben, es mir abzunehmen.«

»Und wieso bitte, sollte ich das …?«

Eine Magd betrat den Salon, um die leeren Teller abzuräumen. Dorothea von Planta und Johann Anton Schmid von Grüneck schwiegen, bis sie wieder draußen war.

»Vielleicht, weil du eifersüchtig auf meine Tochter bist?«

»Auf deine Tochter? Was hat denn das Amulett mit deiner Tochter zu tun?« Sie griff erneut nach dem Becher und nahm einen großen Schluck Wein.

»Nun stell dich nicht blöd. Du hast genau gewusst, dass ich meiner erstgeborenen Tochter eine Hälfte des Amuletts hinterlassen habe.«

»Du meinst, deinem Bastard?«

»Also weißt du es.«

»Dass du abgehauen bist und deinem Kind ein halbes Amulett hinterlassen hast in der Hoffnung, deine Tochter vielleicht irgendwann doch noch wiederzufinden, wenn es dir gerade so passt? Deine sogenannte Erstgeborene?«

Johann Anton Schmid von Grüneck schwieg.

»Und wieso sollte ich es entwenden?«

»Weil du wusstest, dass ich sie früher oder später finden würde.«

»Und wenn auch. Das ist mir doch egal. Ob du nun noch eine Tochter hast oder nicht. Erstgeborene hin oder her.«

»Vielleicht ist es ja eine spezielle Frau, die dir gefährlich werden könnte, so dass du dann nicht mehr die Nummer eins wärst.« Er lehnte sich zu ihr vor.

»Gefährlich? Mir?« Sie legte eine Hand auf ihre Brust. »Dass ich nicht lache. Das ist doch absurd.«

»Ich werde es herausfinden. Und wenn du mich anlügst, dann gnade dir Gott.« Seine Hand, die vorher ruhig auf dem Tisch lag, hatte sich zur Faust geformt.

»Wie bitte?« Anna Catrina ließ den Teller mit den Hühnerknochen fallen, den sie in der Hand hielt und in die Küche tragen wollte.

»Johann Anton Schmid von Grüneck ist mein Vater? Das glaubt Ihr ja selber nicht.« Sie versuchte zu lachen, aber es gelang ihr nicht.

»Doch, es stimmt. Er hat es mir persönlich gesagt.«

»Und wieso ist er dann nicht selber hier?«

»Er muss zuerst noch etwas klären.«

»Ihr wollt mich doch nur auf den Arm nehmen.«

Duri schaute auf den Teller, der in tausend Stücken auf dem Boden lag. »Offenbar hat es doch etwas in Euch bewegt.«

»Würde es Euch nicht bewegen, wenn jemand behauptet, der reichste Mann von Ilanz sei Euer Vater?«

»Sehr wahrscheinlich schon. Aber da ist mehr.«

Duri hatte recht. Wenn Anna Catrina ehrlich war,

dann hatte es sie nicht wirklich überrascht. Oder zumindest einen Teil von ihr. Als ob etwas in ihr es immer gewusst hätte. Sie dachte an die Begegnungen mit Johann Anton Schmid von Grüneck. In der Casa Gronda. Hier im Wirtshaus. An seine Augen. Irgendetwas war da.

»Was Ihr Euch nur einbildet. Ihr denkt, dass Ihr in mir lesen könnt. Aber da habt Ihr weit gefehlt.«

»Schade, dass Ihr es nicht wahrhaben wollt. Ist doch keine schlechte Partie. Wie ich gehört habe, steckt Ihr in finanziellen Schwierigkeiten, und da könnte er Euch als seine Tochter sicher unterstützen.«

»Es wird viel geredet in dieser Stadt.«

»Da habt Ihr wohl recht.« Er schien nachzudenken.

»Gut, ich will Euch nicht mehr länger aufhalten. Ihr habt sicher noch viel zu tun.« Er schaute die mit leeren Holzschüsseln und Bechern übersäten Tische an. »Dann zieh ich mich wohl am Besten in meine Kammer zurück. Aber vergesst nicht: Ich habe die Wahrheit gesagt.«

Nachdem Duri gegangen war, setzte sich Anna Catrina an einen der Tische.

Johann Anton Schmid von Grüneck ihr Vater? War das wirklich wahr? Sicher wollte sie ihr Gefühl nur täuschen. Ihr etwas vorgaukeln, nachdem sie sich so lange danach sehnte, zu wissen, wer ihr

Vater war. Aber hatten sie ihre Gefühle jemals betrogen? Schließlich hatte sie immer ein gutes Gespür gehabt.

Doch was sollte sie jetzt tun? Vielleicht warten, bis Johann Anton Schmid von Grüneck sie ansprach. Oder auf ihn zugehen. Ihn umarmen und als Vater begrüßen. Nein, das konnte sie sich nicht vorstellen.

Plötzlich stand er vor ihr. Wie aus dem Nichts aufgetaucht.

Schnell stand Anna Catrina auf, entschuldigte sich für die Unordnung.

»Das spielt jetzt keine Rolle«, sagte Johann Anton Schmid von Grüneck. Anna Catrina bot ihm einen Platz an, aber er machte keine Anstalten, sich zu setzen.

»Duri hat mir gesagt, dass du im Besitz eines Amuletts bist«, kam er gleich zur Sache. »Darf ich es mal sehen?«

Anna Catrina klaubte das Amulett unter ihrer Bluse hervor, zog die Kette über ihren Hals und streckte es Johann Anton Schmid von Grüneck hin.

Er nahm es in die Hand und erstarrte.

»Kennt Ihr es?«, fragte Anna Catrina, nachdem beide eine Weile geschwiegen hatten.

Schmid von Grüneck war blass geworden.

»Das ist das Amulett, das ich meiner Tochter mitgegeben habe. Aber sag, wo hast du das her?«

Anna Catrina erzählte von der einen Hälfte, die ihr die Tante gegeben hatte, bevor sie verbannt wurde. Von der anderen, die ihr der Mann eines Abends ins Wirtshaus brachte mit der Meldung, ihr Vater sei tot. Von dem versuchten Raub in Chur und wie es ihr schließlich beim Überfall gestohlen wurde.

»Ich kann mich erinnern, du hast verzweifelt nach einem Schmuckstück gesucht. Aber sag, wie hast du es nun wiedergefunden?«

»Das kann ich nur sagen, wenn Ihr mir etwas versprecht.«

Johann Anton Schmid von Grüneck sah sie lange an. Dann nickte er. »Gut. Was soll ich dir versprechen?«

»Dass Ihr die Person, die es gefunden hat, nicht bestraft.« Johann Anton Schmid von Grüneck nickte nochmals. »Gut, so sei es. Du hast mein Wort.«

Anna Catrina erzählte von Cäcilia, wie sie es im Geheimgang gefunden hat.

»Welcher Geheimgang?«, wollte Johann Anton Schmid von Grüneck wissen. Offenbar hatte er nichts davon gewusst. Und auch nichts von den nächtlichen Eskapaden seiner Frau.

Anna Catrina erklärte ihm alles. Wie man vom Haus aus dahin gelangte, und wie man nach draußen kam. Von Hans und seinen Besuchen sagte sie nichts.

»Du weißt gut Bescheid.«

»Cäcilia hat mir alles gezeigt.« Ihre Worte klangen seltsam hohl, aber es stimmte, abgesehen davon, dass sie damals alleine Hans nachgeschlichen war.

»Und du bist sicher, dass du es nicht selber da versteckt hast? Kenntnis vom Geheimgang hattest du ja.«

»Ich schwöre es bei Gott. Cäcilia hat es mir gebracht. Ihr könnt sie fragen. Werdet Ihr sie jetzt bestrafen?«

»Ich stehe zu meinem Wort«, sagte er, drehte sich um und verließ, ohne sich zu verabschieden, das Lokal.

Cäcilia. Sie hatte die Kleine schon immer gemocht, auch wenn sie sie einmal verraten hatte. Sie war ziemlich reif für ihr Alter und auch sonst nicht so wie ihre Kameraden. Hieß das jetzt, dass sie Schwestern waren, wenn auch nur Halbschwestern? Ihr wurde ganz warm vor Freude. Gerne wäre sie jetzt gleich zu ihr gelaufen und hätte es ihr gesagt.

Johann Anton Schmid von Grüneck ging vom Wirtshaus direkt nach Hause in die Casa Gronda. Er wollte Dorothea zur Rede stellen. Doch seine Gattin war nirgends zu finden. Auch die Mägde hatten keine

Ahnung, wo sie sein könnte. Sie war wie vom Erdboden verschluckt.

Er dachte an die geheime Tür im Schlafzimmer seiner Gattin und an den Gang. Deren Abwesenheit war eine gute Gelegenheit, um sich diesen mal anzuschauen. Er betrat ihr Zimmer und öffnete den Schrank. Er war leer. Schmid von Grüneck klopfte an die Rückwand. Es klang hohl. Er musste eine Weile suchen, bis er den Riegel gefunden hatte, mit dem sie sich öffnen ließ. Er ging hindurch und wartete, bis sich seine Augen an die Dunkelheit gewöhnt hatten. Dann tappte er vorsichtig die Treppe hinunter. Nach ein paar Schritten hielt er inne. Da war ein Rascheln. Eine Maus, die ihr Nest baute? Er ging weiter. Da, wieder das Rascheln. Diesmal lauter. Eine Maus war das nicht. Das musste etwas Größeres sein. Er schlich weiter. Schritt um Schritt. Die Treppe knarzte. Das Rascheln verstummte. Er wartete. Hörte nur den eigenen Atem. Dann ein leises Klacken. Er ging weiter, versuchte, möglichst vorsichtig aufzutreten. Dann sah er sie. Eine Gestalt unten an der Treppe. Von einer Kerze erhellt. Sie hatte sich gebückt. Er schlich sich an, packte sie an den Schultern. Ein gellender Schrei. Dann ein schepperndes Geräusch.

Dorothea von Planta schaute ihn mit weit aufgerissenen Augen an. Auf dem Boden lag eine offene Truhe. Die musste sie fallen gelassen haben.

»Du hast mich aber erschreckt«, sagte sie und nahm die Truhe wieder an sich.

»Was machst du da?«, wollte von Grüneck wissen.

»Ich wollte nur etwas verräumen.«

»Hier in diesem dunklen Gang?«

»Den habe ich erst eben entdeckt. Eignet sich doch gut als Stauraum.« Sie lächelte.

»Verkauf mich nicht für dumm.« Er riss ihr die Truhe aus der Hand, öffnete sie. Sie war leer. »Was hast du damit gewollt?«

»Wie ich schon sagte, ich wollte etwas verstauen.«

»Etwas, das ich nicht sehen sollte, meinst du, wie etwa das Amulett?«

»Welches Amulett?«

Er packte sie an den Oberarmen. »Wieso hast du mir nichts von diesem Geheimgang erzählt?«

»Weil ich ihn eben erst …«

»Lüg mich nicht an!«, herrschte er sie an. »Du sagt mir jetzt die Wahrheit. Und zwar auf der Stelle, sonst …«

»Sonst was, bringst du mich dann um?«

Erst jetzt merkte er, dass er seine Hände um den Hals von Dorothea gelegt hatte. Er ließ sie sinken.

Sie trat einen Schritt zurück.

»Wieso hast du das Amulett genommen und versteckt?«

»Bist du etwa stolz darauf, dass du einen Bastard mit einer dahergelaufenen Hintersäßen hast? Eine

Schande ist das. Eine Schande für die ganze Familie. Für ganz Ilanz. Wie stehen wir denn da! Und dann willst du noch herausfinden, wer dieser Bastard ist. Anstatt es einfach ruhen zu lassen. Dieses Weibsbild. Spielt sich hier auf. Als unabhängige Frau. Als Wirtin. Ich könnte ihr den Hals …«

»Du meinst Anna Catrina? Kann eine Eifersucht so groß sein?«

Dorothea schwieg.

»Ich habe dich geliebt. Bis zum heutigen Tag zumindest. Bevor ich wusste, wozu du fähig bist. Keinen Aufwand hast du gescheut. Hast jemanden beauftragt, der mir das Amulett in Frankreich abnimmt. Hast sogar einen Knecht erschlagen lassen. Und mich und meine Begleiter in Gefahr gebracht, als wir die Diebe verfolgt haben. Hast du etwa damit gerechnet, dass ich nicht mehr zurückkomme?«

»Nein, gewiss nicht.« Sie ging auf ihn zu, legte ihre Arme um ihn. »Und das mit dem Knecht war ein Versehen. Die haben sich nicht an meine Anweisungen gehalten. Diese Idioten.«

Er stieß sie zurück. »Fass mich nicht an! Du bist das Allerletzte. Du wirst noch ersticken an deinem Neid. Ich möchte dich nicht mehr sehen.« Er stieg die Treppe hinauf, die Truhe trug er unter seinem Arm.

Er war enttäuscht. Enttäuscht, dass seine Gattin solche Intrigen führte. Wie hatte es nur so weit kommen können? Wenn Anna Catrina ihre Konkurrentin gewesen wäre, dann hätte er es noch halbwegs verstehen können, aber so? Sie war nur seine Tochter. Also keine Bedrohung für Dorothea von Planta. Und zu erben gab es ja genug, das würde auch für drei Kinder reichen.

KAPITEL 21

Als Anna Catrina am nächsten Morgen erwachte, umgab sie eine eigenartige Wärme.

Ich hab meinen Vater gefunden, schoss es ihr als erstes durch den Kopf.

Doch was bedeutete das jetzt? Würde Johann Anton Schmid von Grüneck öffentlich zu ihr stehen? Würde er sie offiziell als Tochter anerkennen? Wohl kaum. Darüber machte sie sich keine falschen Hoffnungen. Und wenn erst Dorothea von Planta davon erführe, dass sie ihre Stiefmutter war ...

Sie schlüpfte in Bluse und Kleid, ging die Treppe hinunter. In der Gaststube roch es immer noch nach dem Essen des Vorabends.

Sie öffnete die Türe und ließ frische Bergluft herein. Sie wollte sich gerade umdrehen und wieder in die Wirtstube gehen, da packte sie jemand grob am Arm. Balzer. Er musste hinter der Türe gelauert haben.

»Wie geht es meinem Täubchen?« Er zog sie an sich. Sie wehrte sich, vergeblich. Er strich ihr übers Haar.

»Hast du es dir überlegt? Dies ist mein letztes Angebot.«

»Balzer lass mich in Ruhe!« Sie spähte auf die Gasse, doch zu dieser Zeit war noch niemand unterwegs, der ihr hätte helfen können. Sie stieß ihn weg so gut sie konnte, aber es nützte nichts.

»Du schuldest mir eine Antwort, Anna Catrina.«

Sie sah ihm direkt in die Augen. »Die Antwort kann ich dir gerne geben. Sie heißt nein.«

Er ließ sie los, holte aus und schlug ihr mit voller Wucht ins Gesicht. Beinahe wäre sie nach hinten gefallen. Sie konnte sich gerade noch auffangen.

»Was ist denn hier los?« Jemand packte Balzer von hinten am Kragen und zog ihn beiseite. Erst jetzt sah sie, dass es Johann Anton Schmid von Grüneck war.

»Hat dich dieser Bengel belästigt?«

»Wie nennst du mich?«

»Sind wir per du? Spricht man so einen Edelmann an?«

»Edelmann, das ich nicht lache«, sagte Balzer. »Mit Krieg Geld verdienen. Ist das etwa edel?«

»Schweig, oder du wirst es bereuen.«

Balzer versuchte vergeblich sich aus von Grünecks Griff zu lösen.

»Was hast du mit diesem Weib zu schaffen?«

»Nichts. Ich wollte nur etwas nett zu ihr sein.« Er grinste Anna Catrina an.

»Das nennst du nett? Zwingen wollte er mich. Zwingen, ihn zu heiraten.«

»Wieso denn nicht? Schließlich hast du auch mein Kind ausgetragen. Und Schulden, dass es dem Teufel davor graust.«

Johann Anton Schmid von Grüneck schaute sie fragend an. Anna Catrina blickte zu Boden.

»Nun sag ihm schon die Wahrheit. Ausgesetzt hast du es!«

»Ich habe es nicht ausgesetzt. Ich habe es ins Kloster gebracht.« Sie starrte weiter auf ihre Schuhe.

»Möchtest du denn diesen Burschen zum Mann?«, fragte Johann Anton Schmid von Grüneck.

Anna Catrina schüttelte den Kopf ohne aufzuschauen.

»Dann ist der Fall doch klar.«

»Gar nichts ist klar«, maulte Balzer. »Bestimmen jetzt die Weiber schon selber, wen sie sich zum Mann nehmen?«

»Wenn du dich Anna Catrina noch einmal näherst oder dieses Wirtshaus betrittst, dann bekommst du es mit mir zu tun. Sie steht unter meiner Obhut. Ist das klar?«

Balzer nickte kleinlaut, Grüneck ließ ihn los und stieß ihn von sich, so dass er zu Boden fiel.

Er rappelte sich wieder auf. »Das wird Euch noch Leid tun.«

»Du drohst mir?«

Balzer ging rückwärts auf die Gasse hinaus, stolperte über die eigenen Füße und fiel nochmals hin.

Johann Anton Schmid von Grüneck wandte sich Anna Catrina zu. »Ich werde dafür sorgen, dass er dir nie mehr zu nahe tritt.«

»Ich danke Euch. Ihr könnt Euch gar nicht vorstellen, wie ich Euch danke.«

»Das ist schon in Ordnung. Aber sag, was hat Balzer mit den Schulden gemeint?«

»Ich kann meine Steuern nicht bezahlen.«

»Ich werde das für dich regeln.«

Anna Catrina kniete nieder und küsste ihm die Hand. »Ich weiß nicht, wie ich Euch danken soll.«

»Ich hätte da eine Idee. Lass es unser Geheimnis sein, dass du meine Tochter bist. Ich werde mich im Gegenzug um Balzer kümmern und darum, dass du immer genug Geld hast, um die Steuern zu bezahlen.«

Anna Catrina sah ihn lange an. Sie hatte es erwartet, doch als er es sagte, schmerzte es trotzdem. Sie hatte zwar jetzt einen Vater, aber sie durfte es niemandem sagen.

»Und was ist mit dem Kind? Eurem Enkel?«

»Lass den vorerst im Kloster. Dort ist er gut aufgehoben. Wir werden dafür eine gute Lösung finden.«

»*Bien di signur* Schmid von Grüneck.« Barbla stand auf einmal unter der Tür und machte einen Knicks. »Welche Freude, sie hier anzutreffen.«

»Ich wollte gerade gehen«, sagte Johann Anton Schmid von Grüneck. »Ich wünsche den Damen einen schönen Tag.« Und schon war er verschwunden.

»Hat er dir wieder Gäste vermittelt?«

»So ähnlich.«

»Nun sag schon.«

»Sagen wir es so. Er hat dafür gesorgt, dass der ›Löwe‹ nicht untergeht.«

»Und wie?«

»Das kann ich dir nicht sagen.«

»Und wieso?« Barbla ließ nicht locker.

»Das werd' ich dir vielleicht einmal erzählen.«

»Jaja, du mit deinen Geheimnissen. Übrigens, ich habe nicht herausgefunden, wer den Schlüssel genommen hat. Die ganze Casa Gronda könnte es gewesen sein.«

»Das ist nicht so schlimm.«

»Wie meinst du das jetzt?«

»Weißt du, eigentlich ist es mir nicht so wichtig, wer mein Vater ist. Ich habe ja dich und Clau. Ihr seid meine Familie.« Sie nahm ihre Freundin in die Arme und drückte sie fest.

Gott hat dem Menschen die Vernunft gegeben, daß er sich deren zu allen Zeiten, in allen Ständen gebrauche und dise mit den moralischen und politischen Tugenden vereinige. Er selbsten hat gesagt: Es werde Liecht, und nicht Finsternuß. Dises gehet in der Freyheit am hellesten auff, weilen es von keinen Ecclipsen verfinsteret oder ausgelöschet wird.

CAMILLA, 1693

ÖRTLICHKEIT

Der Roman »Anna Catrina« spielt im historischen Ilanz von 1677 sowie im historischen Chur. Die vorkommenden Bauwerke (Casa Gronda, Casa Carniec etc.) entsprechen dabei der Realität. Gewisse Örtlichkeiten wie zum Beispiel die Hütte von Elscha Casutt sind frei erfunden.

GLOSSAR

Bundestag: Abgeordnetenversammlung der Gerichtsgemeinden des Dreibündestaates

Drei Bünde: Freistaat im Gebiet des heutigen Kantons Graubünden (Schweiz), bestehend aus Gotteshausbund, Oberer oder Grauer Bund und Zehngerichtenbund

Dutt: Haarknoten

Geiß: Ziege

Goofen: Kinder

Hampfelweise, Hampfel: eine Hand voll

Hermenpilaster: im Bereich seines oberen Endes mit einer Herme (bärtiger Kopf des Gottes Hermes) versehener Wandpfeiler

Hintersäßen (Hintersaßen): Einwohner mit minderen Rechten. Sie besaßen als Zugezogene nicht das Bürgerrecht des Ortes, an dem sie wohnten, hatten keine politischen Rechte und durften nicht oder nur beschränkt die Gemeindegüter nutzen.

Intarsien: Einlegearbeiten in Holz

Karyatide: Skulptur einer weiblichen Figur mit tragender Funktion

Landammann: Vorsteher einer Bündner Gerichtsgemeinde. (Die Gerichtsgemeinde Gruob umfasste die Stadt Ilanz und elf umliegende Dörfer.)

Landrichter: höchstes Bundesamt im Oberen Bund

Oberer Bund: oder Grauer Bund, einer der Drei Bünde, umfasste im Wesentlichen das Bündner Oberland (Surselva), die Täler des Hinterrheins und das Misox

Podestà: Landammann in den italienischsprachigen Teilen des Dreibündestaates sowie Amtsvorsteher in einem bündnerischen Untertanengebiet

Schopf: Schuppen

Schoß: Schürze

Sittenmandate: Vorschriften, die das tägliche Leben, insbesondere im sittlichen Bereich, zu regeln suchten. Gehäuft wurden diese innerhalb der heutigen Schweiz im 16. und 17. Jahrhundert erlassen.

Tschopen: Kittel

Wank, keinen Wank machen: sich nicht rühren

Werbestube: Ort, an dem Söldner rekrutiert wurden

Zmittag: Mittagessen

ROMANISCHE AUSDRÜCKE (SURSILVAN)

bab en tschiel	Vater im Himmel
bien	gut
Bien di!	Guten Tag!
Bien di signur ...	Guten Tag, Herr ...
Bien di, signur mistral.	Guten Tag, Herr Landammann.
Co?	Wie?
Co vai cun tei?	Wie geht es dir?
Co vai cun Vus?	Wie geht es Ihnen?
cumpogns	Kameraden
Dieus en tschiel!	Gott im Himmel!
Dieus gidi mei!	Gott steh mir bei!
Dieus seigi ludaus!	Gott sei gelobt!
Engraziel, bein.	Danke, gut.
forsa	vielleicht
Gie!	Ja!
in buob	ein Bube
jasters	Fremde
mia cara Anna	meine liebe Anna

Miarda!	Mist!
Na!	Nein!
Na, tut in uorden.	Nein, alles in Ordnung.
nuot	nichts
Oh Dieus!	Oh Gott!
Per l'amur da Diu!	Um Gottes Willen!
Per plascher!	Bitte!
Perstgisa!	Entschuldigung!
Pulenta!	Quatsch!
Sin seveser!	Auf Wiedersehen!
tatta	Großmutter
Tgei caschiel!	So ein Käse!
Tgei tuppa!	Welcher Blödsinn!
Ti tuppa mattatscha!	du blödes Mädchen!
Tuppadads!	Blödsinn!
Tuppa femna!	Blödes Weib!
Veramein?	Wirklich?

QUELLEN

Stadtplan Ilanz: Erwin Poeschel, Die Kunstdenkmäler des Kantons Graubünden, Band IV, Basel 1942, S. 45, Abb. 47; Bearbeitung: Communicaziun.ch
Camilla: Auszüge aus »Die ungepflückte und stetsbeglükte Rose der unschätzbaren Freyheit« – Eine radikal-feministische Streitschrift von »Camilla« aus dem Jahre 1693, bearbeitet und herausgegeben von Silvio Färber, in: Jahrbuch der historischen Gesellschaft von Graubünden, 2011, Cleur 2012
Stefan Gabriel: Pater Maurus Carnot: Im Lande der Rätoromanen. Disentis 1934, S. 84; Stadtarchiv Ilanz, Kirchenbuch II, S. 791 f.

DANK

Die Autorin dankt den folgenden Personen und Institutionen ganz herzlich für die Unterstützung:
Nora Blatter, Martin Bundi, Rino Caduff, Ursula Calonder, Adrian Collenberg, Adrienne Degonda, Ursula Dosch, Silvio Färber, Marianne Fischbacher, Hubert Giger, Ursula Linder, Hans Lutta, Mario Menn, Simon Montalta, Martin Oswald, Andrin Perl, Christian Peter Zinsli, Anna Catrina AG, Bündner Kantonsbibliothek, Frauenkulturarchiv Graubünden

Die Anna Catrina AG dankt sehr herzlich für die Unterstützung durch:
Boner Stiftung für Kunst und Kultur, Davos
Connecta AG, Ilanz
Derungs Quinter Immobilien AG, Ilanz
Elektrizitätswerk der Stadt Zürich
Gemeinde Ilanz/Glion
Godly und Partner AG, Chur
Pally Beno, Curaglia

Regiun Surselva, Ilanz
Repower AG, Ilanz
Schaub Maler AG, Zürich
Tino Walz-Stiftung, Zuoz
Christoph Widmer, Felsberg

Leseprobe

Auf dem Weg nach Europa

Carola hatte gedacht, dass der 26. September 1890 der schlimmste Tag ihres Lebens gewesen wäre. Nun wusste sie, dass sie sich getäuscht hatte.

An dem Tag war ihre Mutter Minnie nach der Geburt des fünften Kindes gestorben. Ein halbes Jahr war das nun her. In der Zeit und auch in den Monaten zuvor, in der die stetig wachsende Familie von Liverpool nach Sydney gezogen war, hatte sich Carola immer zurück nach »Crefeld«, so hieß die Farm ihrer Eltern in Liverpool, New South Wales, gesehnt.

Crefeld, dort war sie geboren worden und hatte die ersten, unbeschwerten Lebensjahre verbracht. Das Haus auf der Farm war schlicht, aber geräumig gewesen. Ihre Mutter Minnie hatte die Zimmer liebevoll eingerichtet. Hinter dem Haus war der große Gemüsegarten, der die Familie ernährte und dessen Überschüsse sie auf dem Markt verkauften.

Carola hatte ihrer Mutter immer gern beim Säen und Jäten, beim Pflanzen und Ernten im Garten geholfen. Doch das war nun endgültig vorbei.

Und Crefeld war nun auch keine Zuflucht mehr, nicht der Ort, zu dem sie wollte.

Krefeld war eine Stadt in Deutschland, Tausende von Kilometern entfernt von Sydney. Ihr Vater Rudolph war dort geboren und aufgewachsen. Deshalb hatte er seine Farm in Australien so genannt, den Namen in den riesigen Findling, der an der Einfahrt zum Hof stand, gemeißelt.

In Krefeld, der Stadt in Deutschland, lebte Carolas Tante Mathilde, die das Mädchen noch nie gesehen hatte. Und nach Krefeld musste Carola nun ziehen.

Das achtjährige Mädchen stand an der Reling der *Centennial*, des Dampfers ihres Großvaters, und starrte in das graublaue Wasser des Indischen Ozeans. Vor drei Tagen hatten sie Sydney verlassen, waren in See gestochen zu der langen Reise nach Europa. Das war der schlimmste Tag in Carolas Leben.

»Nun mach nicht so ein Gesicht«, sagte Tante Lily, die unbemerkt von Carola an Deck gekommen war. Doch dann stellte sie sich neben das Mädchen und schaute traurig auf die Wellen.

Vorsichtig schob Carola ihre Hand in die der Tante.

»Sollen wir hineingehen?«, fragte Tante Lily. »Otto schläft noch, aber wer weiß, wie lange. Außerdem wird der Steward gleich den Tee servieren.« Sie lächelte Carola an und fasste die Hand des Mädchens fester.

Essen, dachte Carola und schluckte. Wie konnte Tante Lily immer nur ans Essen denken? Und nicht nur denken, sie verputzte bei jeder Mahlzeit mehr als eine Portion. Dennoch war Tante Lily schlank, auch wenn ihre Figur seit der Geburt ihres Sohnes vor knapp einem Jahr weiblicher und weicher geworden war. Auch schien sie mit dem ständigen Schaukeln des Schiffes keine Probleme zu haben. Sicher wie die Bordkatze ging Lily über das Deck, während Carola immer noch breitbeinig ein Bein neben das andere setzen musste, um nicht zu stolpern oder zu fallen.

Wieder hob sich der Bug aus den Wellen. Carola umklammerte die Hand ihrer Tante und die Reling. Gleich würde es emporgehen, würde sich das Schiff heben, um nur kurze Zeit später in das Wellental zu tauchen.

»Ach Kind.« Tante Lily lachte. »Es ist doch kaum Seegang. Schau doch, die See ist fast flach wie ein Spiegel. Wie soll das nur mit dir werden, wenn wir wirklich schwere See bekommen? Du musst etwas essen, dann geht es dir besser. Du hast seit Beginn der Fahrt kaum etwas zu dir genommen. Dir ist nur schlecht, weil du Hunger hast.« Dann zog sie Carola mit sich mit in den Salon. Der Steward brachte Tee und Sandwichs, frische Früchte und Limonade. Angewidert schaute Carola auf das Tablett. Hunger hatte sie nicht, eher ekelte sie sich vor dem Essen. Die anderen Passagiere kamen nach und nach. Nur wenige Passagiere hatte das Schiff, in dessen Bauch die Fracht, schwer wie nasse Wäsche auf der Leine, lag. Und dann kam auch Allunga, das Mädchen, das Lily für Otto mitgenommen hatte, in den Salon. Sie war ein Mischling – ihr Vater war Weißer, ihre Mutter eine Aborigine. Vor einigen Monaten hatte Großmutter das Mädchen aus der Mission geholt, damit sie sich um die kleinen Kinder kümmerte.

»Otto! Mein Otto!« Tante Lily nahm Allunga das Kind ab und nahm es auf den Schoß. »Hast du schön geschlafen?«, fragte sie leise.

»Otto war schon wach und vergnügt«, erzählte Allunga und grinste breit. Ihre weißen, ebenmäßigen Zähne leuchteten in dem dunklen Gesicht. »Ihm macht das Schifffahren gar nichts aus. Aber dir, nicht wahr, Herzchen?« Sie strich Carola über den Kopf.

»Stören dich das Schaukeln und Schlingern gar nicht?«, fragte Carola sie verwundert.

Allunga lachte. »Aber nein. Meine Mutter ist aus dem Stamm der Mallagongan, wir sind auf dem Wasser und auf dem Land zu Hause.«

»Lass den Unfug«, sagte Tante Lily streng. »Du bist aus keinem Stamm, du bist aus der Mission. Sieh lieber zu, dass Otto seinen Brei bekommt.«

Carola schaute Tante Lily verwundert an. Selten war sie streng zu dem Mädchen. Allunga seufzte, strich ihren Rock glatt und machte einen Knicks – etwas, was sie für gewöhnlich nicht tat.

»Natürlich Ma'am.« Dann drehte sie sich um und ging.

»Was sind Malla … mallagoes?«, wollte Carola wissen.

»Diese dummen Geschichten brauchen dich nicht zu interessieren. Ich hatte so gehofft, dass die beiden Mädchen nicht mit diesem

Traumzeitunfug infiziert wären. Aber anscheinend haben wir uns da getäuscht. Ich muss Mama dringend schreiben, sie soll mit der Mission sprechen.« Tante Lily schüttelte verärgert den Kopf. Dann aber lächelte sie wieder, ein gezwungenes Lächeln. »Du wirst mit solchen Sachen nichts mehr zu tun haben. In Deutschland gibt es keine Traumzeiten und auch keine Schwarzen.«

»Gibt es dort keine Mädchen und keine Knechte, die helfen?«

»Nun sei nicht dumm, Carola. Natürlich gibt es die. Es gibt aber auch bei uns in Sydney Bedienstete weißer Hautfarbe. Unsere Köchin ist aus Deutschland, die Näherin auf der Evanstreet ist aus Irland, und die Knechte in der Molkerei sind aus Schottland, hast du das vergessen?« Wieder lachte Tante Lily. »Aber in Deutschland und bei deiner Tante Mathilda geht es ganz anders zu als bei uns zu Hause. Deine Tante und ihr Mann haben Geld, viel Geld. Du wirst es dort gut haben.«

Sie setzte Otto auf den Boden, und der kleine Kerl krabbelte fröhlich über den Teppich. Carola sah ihm zu, hockte sich schließlich zu ihm und spielte mit ihm. Hunger hatte sie nicht, ihr Magen war immer noch flau.

Otto war nur wenige Monate älter als ihr kleiner Bruder Billy, der nun im Haus der Großmutter in der Wiege lag. Warum konnte sie nicht dort sein? Dort, bei ihren Geschwistern und ihrer Großmutter? Warum musste sie auf diesem Schiff sein und nach Europa fahren? Sie wollte zurück. Tränen schossen ihr in die Augen, und verzweifelt versuchte Carola, sie wegzublinzeln.

Wenn ich an etwas anderes denke, dann wird es besser, dachte sie und kitzelte Otto am Bauch. Er gluckste und jauchzte, so wie es ihre kleine Schwester Elsa auch immer tat. Otto wusste noch nicht, dass er ohne Vater aufwachsen würde. Vielleicht würde er es auch gar nicht vermissen, schließlich hatte er seinen Vater gar nicht wirklich kennengelernt. Würden ihre Geschwister die Mutter vermissen, so wie es Carola tat? Würden sie sich an Mutters Lachen, ihre Fröhlichkeit, ihre Wärme und ihren Geruch erinnern? Doch die Geschwister waren viel jünger als sie. Carola beneidete sie, sie durften bei Großmutter in Sydney bleiben.

»Nun komm, mein kleiner Wombat«, sagte Allunga. »Ich habe leckeres Essen für dich.« Sie nahm Otto hoch und setzte sich mit ihm auf dem Schoss an den Tisch, band ihm eine Serviette um und begann ihn zu füttern.

»Willst du nichts essen, Tutt?«, fragte Tante Lily.

Tutt, so hatten ihre Mutter und auch die Großmutter Carola immer genannt. Die Tränen brannten in ihren Augen, sie schüttelte stumm den Kopf, stand auf und ging wieder an Deck. Einige der Passagiere flanierten dort, vertraten sich die Beine. Sie lächelten Carola zu, aber das Mädchen hatte kein Interesse an Konversation. Sie floh auf das Oberdeck und verkroch sich in eine Ecke. Dort erst weinte sie bittere, heiße Tränen.

»Tutt?« Der Großvater hockte sich neben Carola und sah sie erstaunt an. »Was machst du denn hier?« Er nahm das Taschentuch hervor und tupfte ihr vorsichtig die Tränen von den Wangen. Carola schloss die Augen. Sie sog den Geruch von Lavendel und der grünen Seife, mit der ihre Großmutter immer die Wäsche wusch, tief ein. Es duftete nach zu Hause.

Carola schüttelte bestimmt den Kopf und biss sich auf die Lippen. Sie wollte nicht, dass jemand sie so sah, noch nicht einmal ihr Großvater.

»Nun komm, Tutt«, sagte er und zog sie hoch. »Du kannst hier nicht sitzen bleiben. Wo ist denn Lily? Solltest du nicht bei ihr im Salon sein? Der Smutje hat extra für dich Omelette gemacht. Die isst du doch so gern.« Er plauderte weiter, mit seiner warmen, tiefen Stimme, und allmählich beruhigte Carola sich. Vor der Kajüte blieb Großvater stehen und schaute das Mädchen an.

»Nein«, sagte er. »So kannst du nicht in den Salon gehen. Was sollen denn alle denken. Meine Tutt ist doch kein Trauerkloß, oder? Geh in die Kabine und wasch dir das Gesicht.« Er stieß sie sanft in Richtung der Kabinen.